Die Tierwandler
Alle Hasen fliegen hoch

Martina Baumbach, geboren 1969, hat schon als Kind mit ihrer Oma nächtelang Geschichten um die Wette erzählt und inzwischen viele Kinderbücher veröffentlicht. Seit dem Besuch einer Eule vor ihrem Fenster ist sie ziemlich sicher, dass die Welt voller Tierwandler ist. Sie wohnt mit ihrer Familie und einem (auf alle Fälle magischen) Hund südlich von München.
Für ihr Erstlingswerk bekam sie das Literaturstipendium der Stadt München, für »Die Tierwandler - Unser Lehrer ist ein Elch« wurde sie in der Kategorie 6-10 Jahre mit dem Leipziger Lesekompass 2021 ausgezeichnet. www.martinabaumbach.de

Imke Sönnichsen wurde 1970 in einem kleinen Ort in Nordfriesland geboren. Nach dem Abitur studierte sie in London Kunstgeschichte, danach Illustration in Mainz. Mit ihrer Familie lebt sie in Aachen. Mehr unter: www.imkesoennichsen.de

Die Tierwandler bei Thienemann:

Die Tierwandler
Bd. 1: Unser Lehrer ist ein Elch

Die Tierwandler
Bd. 3: Ein Kroko will kuscheln

Die Tierwandler
Bd. 4: Ein Lama im Pyjama

Die Tierwandler
Bd. 5: Auf die Plätze, fertig, Luchs!

Die Tierwandler
Bd. 6: Schwein gehabt!

Die Tierwandler
Bd. 7: Hier steppt der Bär!

Die Tierwandler
Bd. 8: Ein Pingu in der Patsche

Mehr über unsere Bücher, Autor:innen und Illustrator:innen auf:
www.thienemann.de

Martina Baumbach

Die TIERWANDLER

Alle Hasen fliegen hoch

Mit Illustrationen
von Imke Sönnichsen

THIENEMANN

3 x Alarm

Es war Montagmorgen kurz nach sieben. So früh konnte Wilhelmine am besten denken. Sie hatte alles genau ausgetüftelt. Nur noch die Kurbel auf die Achse stecken, die Gummis einspannen, die Sicherung anschrauben und die Schnur auf die Rolle wickeln. Fertig. Zufrieden betrachtete sie ihre neueste Erfindung: ein Popcorn-Katapult. Seit Tagen arbeitete sie jede freie Minute daran. Jetzt würde sich herausstellen, ob es funktionierte.

In diesem Moment heulte die Sirene auf und über der Tür blinkte wild die rote Lampe. Jemand war auf dem Weg zu ihrem Erfinderschuppen und hatte dadurch die Alarmanlage ausgelöst. Wahrscheinlich ihre Mutter oder ihre kleinen Brüder. Wilhelmine hasste es, wenn man sie beim Erfinden störte.

Sie schaltete den Alarm aus, setzte die Schutzbrille ab und öffnete die Tür. Doch es war niemand da, der schmale Gartenpfad zum Tor war menschenleer. Sie wollte gerade wieder hineingehen, da stupste sie etwas am Bein. Ein kleiner struppiger Dackel sah aus großen dunklen Augen zu ihr hoch.

»Oh«, murmelte Wilhelmine, worauf er begeistert mit dem Schwanz wedelte. Sie hatte den Hund hier noch nie gesehen. Wem er wohl gehörte? Doch darüber konnte sie jetzt nicht nachdenken. Ihre Erfindung war in der entscheidenden Testphase. »Lauf nach Hause«, sagte sie und zeigte auf die Straße. Dann verschwand sie wieder im Schuppen.

Wilhelmine legte etwas Popcorn in den Wurfbehälter und spannte die Schnur nach. »Tatarata!«, verkündete sie stolz und löste die Halterung … doch nichts passierte. Sorgfältig verglich sie den selbst gezeichneten Plan mit dem Prototyp (so nannte man das erste Modell einer Erfindung). Lag der Fehler an der Sicherung? Vorsichtig bog sie die Öse etwas weiter auf.

Da schrillte und blinkte die Alarmanlage erneut los. Wilhelmine stöhnte genervt und öffnete die Tür. Draußen saß wieder der Dackel. Diesmal fiepte er und pfötelte.

»Ich kann nicht mit dir spielen«, erklärte Wilhelmine ungeduldig. »Ich hab zu tun.« Als hätte er verstanden, legte er sich brav neben die Tür. Wilhelmine zuckte mit den Schultern und schlüpfte zurück in den Schuppen.

Sie bearbeitete gerade die Achse mit Schleifpapier, als die Alarmanlage zum dritten Mal losging. Wilhelmine stürmte aus der Tür. »Geh nach Hause!«, befahl sie. Doch vor ihr stand nicht der Dackel, sondern Merle.

Merle grinste nur, sie kannte ihre Freundin. Wenn Wilhelmine am Erfinden war, tauchte sie völlig in ihre Welt ab. »Bist du fertig?«, fragte Merle. »Können wir gehen?«

»Wohin?«, fragte Wilhelmine verwirrt.

»In die Schule«, lachte Merle. »Es ist halb acht.«

»Klar, Schule.« Wilhelmine schlug sich vor die Stirn.

»Bin gleich so weit!« Sie griff nach ihrer Schultasche und schloss die Schuppentür ab. »Tut mir leid. Ich dachte, es wäre wieder dieser Hund«, entschuldigte sie sich.

»Ein Hund?«, fragte Merle aufgeregt. »Hat er mit dir geredet?« Gespannt sah sie Wilhelmine an.

»Vergiss es!«, widersprach Wilhelmine und schüttelte entschlossen den Kopf. »Das hat nichts mit einer bevorstehenden Verwandlung zu tun.« Eine Verwandlung konnte sie im Moment überhaupt nicht brauchen. Ihre Erfindung stand kurz vor dem Abschluss. Da konnte sie sich nicht mit Flugübungen, Fellpflege oder Tauchunterricht rumschlagen.

»Also bei mir war es so«, erzählte Merle mit leuchtenden Augen. »Zuerst kam diese Eule und ein paar Tage später hatte ich meine erste Verwandlung.« Es wäre wirklich schön, wenn Wilhelmine nach ihr, Finn und Einstein die Nächste wäre. Dann wären sie schon zu viert.

»Das ist doch nicht bei jedem gleich«, brummte Wilhelmine und hoffte es dringend. »Außerdem hat er kein Wort gesagt.«

Merle ließ nicht locker. »Und wo ist er jetzt?«

Wilhelmine zeigte neben die Tür, doch der Dackel war verschwunden. Er hatte scheinbar Hunger bekommen und war nach Hause gelaufen.

Etwa zur gleichen Zeit löffelte Einstein sein Müsli. Er frühstückte meistens allein, weil sein Vater schon früh zur Arbeit ging. Im *Hotel Fortuna* gab es immer viel zu tun. Gedankenverloren kaute Einstein auf einer Rosine herum. Der fiese Traum von heute Nacht ging ihm nicht aus dem Kopf: Herr Schinabeck hatte ihm im Mathetest nur einen Punkt gegeben und sein Vater war ausgeflippt. Einstein war schweißgebadet aufgewacht, es hatte sich so echt angefühlt. Zum Glück war es nur ein Traum gewesen.

Stimmt schon, er war kein Schnellchecker, wenn es um Mathe ging. Während er noch die Aufgabe durchlas, wussten alle anderen in seiner Klasse längst das Ergebnis. Genauso wenn er den Wasserkreislauf erklären sollte oder die Uhrzeiten ins Englische übersetzen musste – er brauchte für alles ewig.

Einstein ging in die 4B der Bärenfeldschule. Bisher hätte er auf Schule gern verzichten können. Doch seit Herr Olsson die neue *AG Sport für besondere Talente* unterrichtete, war das anders. Bei ihm gab es immer was, das Einstein gut machte und wofür er Lob bekam. Da machten sogar Hausaufgaben Spaß.

Einstein grinste, denn die AG in der 7. Stunde war bloß Tarnung. Nur er, Merle, Finn, Wilhelmine und ein paar andere Kinder aus der 4A und der 4B waren eingeweiht. Was sie in Wirklichkeit bei Herrn Olsson lernten, musste absolut geheim bleiben. Es gab sogar einen Schwur, einen ziemlich komplizierten, aber Einstein hatte ihn sich gemerkt:

> Wir Tierwandler schwör'n
> mit Flügeln, Flossen, Pfoten:
> Das Geheimnis zu verraten ist verboten.
> Wir wollen es für immer bewahren,
> kein andrer soll davon erfahren.

Die Neuigkeit hatte alle umgehauen: Sie waren Tierwandler! Sie konnten sich tatsächlich in Tiere verwandeln! Das war nicht leicht, doch mit Herrn Olsson lernten sie alles, was sie brauchten: Verwandlung, Tierkunde, Fährtenlesen, Gefahrentraining, Verteidigung, Tarnung und Nahrungssuche.

Merle und Finn waren die Ersten, die es geschafft hatten, sich in ihre Tiergestalt zu verwandeln. Merle war eine Eulenwandlerin und Finn ein Wieselwandler. Vor ein paar Tagen hatte es dann bei Einstein geklappt. Mehr aus Versehen. Er hatte Karottenkuchen genascht und plötzlich war es passiert.

Natürlich hoffte jeder aus Herrn Olssons Klasse, der Nächste zu sein. Und alle waren gespannt, welches Tier sie wohl waren. Schon witzig, dachte Einstein, dass er ausgerechnet ein blitzschneller Feldhase war. Er hätte schwören können, dass er ein Faultier oder eine Schnecke wäre.

Herr Ploschke fängt Einbrecher

Die Bärenfeldschule lag noch ruhig in der Morgensonne. Die ersten Schülerinnen und Schüler würden in ein paar Minuten kommen. Auf der Eingangstreppe döste im Schatten der großen Kastanie die Schulkatze Tiffy. Ein prächtiges weiß-grau-getigertes Tier mit langem seidigem Haar. Ab und zu öffnete Tiffy eins ihrer blauen Augen und ließ den Blick über das Schulgelände schweifen: von der Turnhalle auf der einen Seite weiter zum Geräteschuppen, über den Schulhof, am Fahrradständer vorbei, bis zum Zaun des Nachbargrundstücks auf der anderen Seite. Ihr entging nichts, was auf dem Schulgelände passierte. Schließlich war sie die Direktorin. Doch nur wenige wussten, dass Tiffy und Direktorin Bockelmann ein und dieselbe waren – denn auch sie war eine Tierwandlerin.

Im Nachbargarten beobachtete das Ehepaar Knorz entzückt ihre Lieblinge: etwa zwanzig wuschelige Kaninchen, die munter herumhoppelten und Grünzeug mümmelten. »Himmlisch, diese Ruhe, bevor die Kinder kommen«, sagte Frau Knorz. »Verdammte Schule«, sagte ihr Mann. Die beiden liebten ihre Kaninchen über alles, doch Kinder konnten sie nicht ausstehen. Vor allem den Pausenlärm fanden sie grässlich.

Paul Ploschke, der Hausmeister der Bärenfeldschule, liebte seinen Beruf. Wann immer er gebraucht wurde, war er zur Stelle. So wie jetzt. Er schlich über die Wiese hinter der Schule, kroch auf allen vieren am Schulteich vorbei und robbte bis zum Waldrand, wo der alte Bauwagen stand. Er war bereit, den Feind auszuspionieren und zu überführen. Denn er war sich sicher: Irgendwas stimmte nicht mit dem neuen Lehrer und seinem geheimnisvollen Unterricht in der 7. Stunde. Er würde es herausfinden oder er wollte nicht mehr Paul Ploschke heißen.

Zwei Straßen weiter machte sich Finn auf den Weg. Mit einem geschmeidigen Sprung setzte er über das schiefe Gartentor mit der Nummer 22. Er landete sicher auf allen vier Pfoten und hielt sein braun-weißes Schnäuzchen in die Luft. Dann flitzte er die Hechtseestraße hinunter. Seit er seine Verwandlung so gut hinbekam, nahm er nur noch selten das klapprige Fahrrad. Er lief den kurzen Weg zur Schule in seiner Tiergestalt. Den Schulranzen ließ er, wann immer es ging, einfach im Klassenzimmer.

Als er den Rathausplatz erreichte, standen dort schon die ersten Touristen und fotografierten staunend das mittelalterliche Gebäude. Ein Wiesel fiel niemandem auf, er musste nur auf seine Tarnung achten. Finn umrundete den Brunnen und schlängelte sich geschickt an den Füßen der Leute vorbei. Aus einem Rucksack wehte ihm der Geruch von Würstchen in die Nase. Er war nur kurz abgelenkt, doch dadurch bemerkte er das kleine Mädchen fast zu spät. »Miau streicheln!«, rief es begeistert und rannte auf ihn zu.

Mist. Anders als Erwachsene kümmerten sich Kinder darum, was auf dem Boden geschah. Finn sprintete los und versteckte sich hinter einem Mülleimer.

»Eine riesige Ratte!«, schrie eine Frau und schwang wild ihre Tasche.

Selber Ratte, dachte Finn empört. Die Frau hatte wohl noch nie ein Wiesel gesehen! Er lugte um die Ecke, ob sie ihn verfolgte. Aber im nächsten Moment dröhnte ein lautes Knattern die Straße herauf.

Die Touristen reckten die Hälse, als das alte Motorrad mit dem Beiwagen vorbeifuhr. Finn wagte sich aus seinem Versteck und nickte dem Fahrer zu. Er wusste, wer unter dem Helm und dem langen schwarzen Mantel steckte: sein Lehrer Tove Olsson. Genauer gesagt, sein Tierwandler-Lehrer, was absolut geheim bleiben musste. Der kleine Passagier im Beiwagen wirkte auf den ersten Blick wie ein Kind. Aber unter der Lederhaube steckte das coolste Zwergschwein, das man sich vorstellen konnte: Melusine. Sie war Herrn Olssons Assistentin, obwohl sie viel lieber irgendwas anstellte, statt im Unterricht zu helfen.

Finn grinste. Vermutlich hatten die beiden das Wochenende in der Wildnis verbracht und waren auf dem Weg zur Bärenfeldschule. Tove Olsson und Melusine wohnten direkt auf dem Schulgelände. Ganz hinten am Waldrand in dem alten hellblau gestrichenen Bauwagen mit den rosa Fensterläden und dem mintgrünen Briefkasten.

Genau an diesen Bauwagen presste Hausmeister Ploschke gerade sein Ohr und lauschte. Es war alles ruhig, auch das Schwein schien nicht zu Hause zu sein. Er hatte vorher extra überprüft, ob das Motorrad des Lehrers da war. Herr Olsson parkte es immer neben dem Geräteschuppen. Es war fort, also war auch er fort. Logisch.

Hausmeister Ploschke drückte die Nase an die Scheibe und spähte ins Innere des Bauwagens. Er hatte Mühe, etwas zu erkennen. Die Fenster könnten ruhig mal wieder geputzt werden, fand er. Da waren eine Hängematte, ein Stuhl und ein paar Fotos an den Wänden. Er schlich zum nächsten Fenster und sah einen kleinen Herd, eine Kommode und ein Waschbecken. Irgendwo musste doch etwas Verdächtiges …

»Herr Ploschke, so früh schon bei der Arbeit!«, schreckte ihn eine Stimme hoch. »Hatten Sie ein schönes Wochenende?«

Ihm schoss die Röte ins Gesicht. Herr Olsson hatte ihn beim Spionieren erwischt. Wieso hatte er das Motorrad nicht kommen hören? Aber Ploschke hatte eine Ausrede vorbereitet.

»Äh, ich glaube, ich hab Einbrecher gehört«, erklärte er, als er sich umdrehte. »Wir sollten mal im Bauwagen nachschauen, ob noch alles da ist.« Er freute sich, dass er so schlau war. Gleich konnte er sich gründlich im Bauwagen umsehen.

Doch Herr Olsson winkte ab. »Einen Einbrecher hätte Melusine längst gewittert«, sagte er. »Und zu holen gibt's bei mir auch nichts.«

Der Lehrer war ein schwieriger Fall. Herr Ploschke startete den zweiten Versuch. »… aber könnte ich mir vielleicht etwas Zucker bei Ihnen leihen?«

»Leider nicht«, bedauerte Herr Olsson. »Ist sowieso schlecht für die Zähne. Ich hab Wasserpflanzen und Birkenblätter da.«

Herr Ploschke lachte über den Witz des Lehrers, der gar kein Witz war. Denn der arme Hausmeister hatte keine Ahnung, dass vor ihm ein Elchwandler stand. Und für Elche waren Wasserpflanzen und Birkenblätter eine echte Delikatesse.

Als Melusine ihr dickes Hinterteil grunzend an Herrn Ploschkes Hosenbein rieb, wollte er erst schimpfen. Doch dann hatte der Hausmeister eine Idee. »Na, du bist ja ein Süßer«, gurrte er und kraulte das Zwergschwein mit spitzen Fingern.

»Süße«, verbesserte Herr Olsson ihn. »Melusine ist eine Sie.«

»Auch gut«, meinte Herr Ploschke. »Wissen Sie, Schweine sind meine Lieblingstiere.«

Hausmeister Ploschke schwitzte vor Anspannung, denn er log nicht oft. Man darf nicht lügen, hatte ihm seine Mama schon früh beigebracht. In Wahrheit mochte er keine Tiere. Sie rochen komisch, machten Dreck und am Ende wollten sie mit einem kuscheln. Doch er musste tapfer sein. Melusine gehörte zu seinem neuen Plan, wie er Tove Olsson unauffällig im Auge behalten konnte.

674 832 - 156 873 = ?

Inzwischen hatte sich der Schulhof gefüllt und eine Menge Schülerinnen und Schüler strömten in die Schule. Merle, Wilhelmine, Finn und Einstein schoben sich durch das Gedränge in den ersten Stock hinauf. Ihr Klassenzimmer war das letzte im Flur. Herr Schinabeck verteilte schon Blätter. »MATHETEST« stand in großen Buchstaben als Überschrift darauf.

»Uff, ein Mathetest am Montag in der ersten Stunde«, keuchte Merle und setzte sich zwischen Wilhelmine und Finn auf ihren Platz.

»Ich glaub, ich bin plötzlich krank«, flüsterte Finn. »Ich hab nix gelernt.«

Er hatte das ganze Wochenende seiner Oma geholfen, den alten Gartenschuppen in einen Stall umzubauen. Seine Oma holte immer arme herrenlose Tiere zu ihnen nach Hause, um sie aufzupäppeln. Neuerdings hatten sie zu den Hühnern und dem Papagei auch noch drei Walliser Schwarznasenschafe.

»Bitte nicht!«, jaulte Oskar. »Wir sind heute auch ganz brav.«

Je mehr Kinder in die Klasse kamen, desto lauter wurde der Protest.

»Voll fies!«, schimpfte Korbi aus der letzten Reihe.

»Sie haben nicht gesagt, dass wir lernen müssen«, beschwerte sich Luzie. Alina und Elisa waren wie immer ihrer Meinung, auch wenn sie noch daran knabberten, dass nur Luzie für Herrn Olssons AG ausgewählt wurde und sie nicht.

»Ihr sollt jeden Tag lernen«, ermahnte Herr Schinabeck sie.

»Komm schon, Herr Schinabeck«, bettelte Josh. »Dafür trag ich heute Ihre Tasche für Sie durch die Schule.« Was er natürlich nicht ernst meinte.

Nur Tabea sortierte schon ihre Stifte, ihr Lineal und ihren Radiergummi. Für sie war ein unangekündigter Mathetest kein Problem, sie schrieb meistens Einsen. Deshalb machte sich auch Aygül, die neben ihr saß, keine Sorgen.

Einstein hockte still und blass auf seinem Platz. Heute Nacht hatte er erst davon geträumt. Wurden seine Träume jetzt Wirklichkeit? Oder träumte er immer noch? Er zwickte sich in den Arm. »Aua!«, rief er erschrocken. Es war wirklich Montagmorgen, er saß in der Schule und vor ihm lag ein Mathetest.

»Beruhigt euch, das ist nur ein Übungstest.« Herr Schinabeck hob beschwichtigend die Hände. »Dann wisst ihr, wo eure Lücken sind, und könnt bis Donnerstag noch lernen.«

»Was ist am Donnerstag?«, fragte Oskar alarmiert.

»Dann schreiben wir einen benoteten Mathetest«, sagte Herr Schinabeck. »Und jetzt rechnet. Danach hab ich noch eine schöne Nachricht für euch.«

»Erst die schöne Nachricht«, bettelte Josh. »Dann kann ich mich schon mal freuen und viel besser rechnen.«

Herr Schinabeck schüttelte den Kopf und sah auf seine Uhr. »Ihr habt zwanzig Minuten Zeit«, verkündete er. »Ab jetzt.«

Dann setzte er sich erschöpft hinter das Pult und nippte an seiner Teetasse. Es fiel ihm nicht leicht, so streng zu sein.

Einstein öffnete sein Federmäppchen. Sollte er seinen Füller, einen Bleistift oder den radierbaren Roller nehmen? Hatte Herr Schinabeck gesagt, womit sie schreiben sollten? Einstein konnte sich nicht erinnern. Er sah sich um, die anderen rechneten und schrieben schon. Zögernd nahm er den Füller.

Ein Lastwagen wiegt leer 2800 kg und ist mit 5 Kisten beladen, las Einstein. *Eine Kiste wiegt 300 kg.* Einstein überlegte, was wohl in den Kisten war? Er kam nicht drauf. Sein Blick wanderte aus dem Fenster. Draußen harkte der Hausmeister den Kiesweg zur Turnhalle, wo in der siebten Stunde der Tierwandler-Unterricht stattfand.

Einstein seufzte, in Herrn Olssons Unterricht war alles so einfach. Am liebsten würde er die nächsten Schuljahre als Feldhase leben. Doch was sollte er seinem Vater erzählen? Die meisten Eltern wussten nichts von der Tierwandler-Sache, denn die Fähigkeit vererbte sich nur sehr selten. Die Eltern würden bloß erschrecken und sich Sorgen machen.

»Noch sieben Minuten«, sagte Herr Schinabeck und ein Raunen ging durch die Klasse.

Einstein machte sich schnell an die nächste Aufgabe: *Subtrahiere 156 873 von 674 832 und multipliziere mit 2.* Ihm schwirrte der Kopf.

Nachdem die Zeit abgelaufen war und Herr Schinabeck alle Blätter einsammelte, krähte Josh: »Und was ist die gute Nachricht?«

»Gibt es schulfrei?«, feixte Finn froh, dass der Übungstest vorbei war. Er würde Mathe später nie mehr brauchen, weil er sowieso Profifußballer werden wollte.

»Machen wir bei *Jugend forscht* mit?«, fragte Wilhelmine aufgeregt. Das war schon immer ihr Traum.

»Bestimmt machen wir bloß einen Wandertag«, maulte Luzie.

Herr Schinabeck räusperte sich. »Es geht um unser Sommernachtsfest nächstes Wochenende«, verkündete er.

»Sie meinen Sommerfest«, verbesserte ihn Alina.

»Du hast schon richtig gehört«, erklärte Herr Schinabeck. »Diesmal möchte unsere Direktorin ein Sommer*nachts*fest machen und sie bittet uns, dafür etwas vorzubereiten.«

»Wir machen ein Feuerwerk«, schwärmte Elisa. »Das ist voll romantisch.«

Sofort stöhnten ein paar der Jungs auf.

»Wir machen Bullenreiten«, tönte Josh. »Wir holen uns so eine Anlage mit einem elektrischen Bullen.« Er fand alles gut, was groß und stark war.

Jetzt stöhnten ein paar der Mädchen auf.

»Ihr sollt euch melden, bevor ihr sprecht«, mahnte Herr Schinabeck halbherzig. »... und wer soll das alles bezahlen?«

»Null Problemo«, krähte Oskar. »Wenn jeder fünfzig Euro zahlt.«

»Das kann sich meine Oma nicht leisten«, murmelte Finn. »Da kann ich nicht mitmachen.« Sie waren erst in das alte Haus in der Hechtseestraße 22 gezogen und brauchten alles Geld für die nötigen Reparaturen.

»Richtig, das ist viel zu teuer«, sagte Herr Schinabeck. »Gibt's weitere Vorschläge?«

»Wir holen uns eine Hüpfburg!«, rief Luzie begeistert. »Das bringt voll Spaß!«

»Hüpfburgen sind auch teuer«, wusste Merle. Ihr Vater hatte am Marktsonntag mal eine vor seinem Autohaus aufgestellt.

»Spielverderberin«, zischte Luzie.

»Wir machen ein Open-Air-Kino«, tönte Cleo. »Seit gestern gibt's *Super Action Dinos 4*. Ich bring die DVD mit.« Sie hatte bisher alle Teile gesehen und sammelte alle Fanartikel.

»Mit Zuckerwatte«, sagte Aygül. »Ich hab eine Zuckerwatte-Maschine.«

»Filme gucken könnt ihr auch zu Hause, wenn es regnet«, entgegnete Herr Schinabeck. »Und Zuckerwatte ist ungesund.«

»Ich weiß was!«, brüllte Josh, hob die Arme und zeigte seine Muskeln. »Wir machen ein Fitnessstudio, das ist voll gesund.«

»Und wir bauen eine Bar auf und mixen Fruchtcocktails«, schlug Alina vor. »Das ist auch gesund.«

Elisa war sofort Feuer und Flamme. »Mit Ananas, Mango, Banane, Minze …«

Damit waren alle einverstanden, auch Herr Schinabeck.

»Ich frage Herrn Olsson, ob er uns hilft«, überlegte Herr Schinabeck. »Schließlich ist er Sportlehrer.«

Weil sie schon so einen anstrengenden Schultag hinter sich hatten, las ihnen Herr Schinabeck bis zum Unterrichtsende ein Buch über Erfinder und Entdecker vor.

Unerwarteter Besuch in der 7. Stunde

Nach der sechsten Stunde gingen Wilhelmine, Merle, Finn und Josh zur Turnhalle. Auch Suri, Lily-Finja und Karim aus der 4A folgten ihnen. Luzie winkte noch Alina und Elisa und schloss sich dann mit Oskar und Cleo dem Trupp an. Einstein schlappte als Letzter mit offenen Schnürsenkeln hinterher.

Die Turnhalle war ihr geheimer Ort. Dort konnten sie Verwandlung üben und waren vor neugierigen Blicken sicher, dafür hatte Direktorin Bockelmann gesorgt. Kein Nicht-Wandler durfte die *AG Sport für besondere Talente* in der siebten Stunde stören, auch Hausmeister Ploschke nicht.

Zu Beginn des Schuljahres hatte Melusine die Kinder für Herrn Olssons Tierwandler-Unterricht ausgewählt. Das Zwergschwein roch einen Tierwandler aus tausend Metern Entfernung gegen den Wind. Jetzt trabte sie den

Kindern mit wedelndem Schwanz entgegen. Mit ihrem kleinen rosa Rüssel schnüffelte sie interessiert, ob in den Pausenboxen der Kinder noch was Leckeres für sie übrig war.

Auch Tove Olsson erwartete seine Schüler schon. Wie immer trug er Ringelpulli, Jeans und seine Stiefel. Gut gelaunt strahlte er seine Schüler an und strich sich durch die hellbraunen Haare, die genauso verstrubbelt waren wie sein Bart. Ihr Lehrer sah meistens aus, als wäre er gerade aus dem Unterholz gekommen. Was vielleicht sogar stimmte.

»Ich habe eine Überraschung für euch«, verkündete er. Sofort war es so still in der Turnhalle, dass Herr Schinabeck und Frau Lobkowitz aus der 4A neidisch geworden wären. »Nächsten Samstag haben wir zusätzlichen Unterricht.«

Nun wären Herr Schinabeck und Frau Lobkowitz noch neidischer geworden, denn alle applaudierten begeistert.

»Aber am Samstag ist Sommernachtsfest«, wandte Luzie ein. »Da haben wir keine Zeit.«

»Kein Problem, der Unterricht beginnt erst danach. Wir verbringen die ganze Nacht bis Sonntagmorgen hier im Freien«, erklärte Herr Olsson. »Wer seine Verwandlung schon geschafft hat, natürlich in seiner Tiergestalt.«

Jetzt riefen alle durcheinander, jeder wollte Herrn Olsson als Erster etwas fragen.

»Brauchen wir Stirnlampen?«

»Kann ich mein Taschenmesser mitbringen?«

»Sind Handys erlaubt?«

Die ganze Nacht im Freien, Merle bekam Gänsehaut. Sie hatte noch nie in ihrer Eulengestalt draußen übernachtet. Sie saß gern bis spät abends in der Eiche vor ihrem Zimmerfenster. Aber auf einem Ast zu schlafen, war hundert pro eine wackelige Angelegenheit. Dann fiel es ihr wieder ein: Eulen schliefen nachts nicht, sie flogen durch die Dunkelheit. Völlig lautlos, was an ihren speziellen Federn lag, die jedes Luftgeräusch verschluckten. Mann, das war alles noch so neu für sie.

»Vielleicht haben wir bis dahin noch eine weitere Verwandlung«, meinte Herr Olsson und guckte prüfend in die Runde. »Oder eine direkt in der Nacht.«

Merle glaubte, dass er Wilhelmine einen Moment länger als die anderen angesehen hatte. Sie gab ihrer Freundin einen kleinen Stups und nickte ihr zu.

Wilhelmine zog die Augenbrauen hoch. »Ich sicher nicht«, schnaubte sie entschieden.

»Wir brauchen unbedingt was zu essen«, sagte Josh wichtig. »Sonst verhungere ich!« Dass er gern aß, war kein Geheimnis.

»Jeder kann essen, was er dabeihat oder was er draußen findet«, versprach Herr Olsson.

Diesmal bekam Finn Gänsehaut. Weil Herr Olsson bestimmt dachte, sie würden sich ihr Essen selbst jagen. Wühlmäuse, Eidechsen, Eier, Fische, Insekten … Wiesel waren geschickte Jäger. War ein Beutetier nicht schnell genug, schlugen sie zu. Ein gruseliger Gedanke, Finn schüttelte sich. Das würde er nie im Leben fertigbringen.

»Und wo sollen wir schlafen?«, fragte Lily-Finja. »Kann ich meinen Schlafsack mitbringen? Da sind lauter Hufeisen draufgedruckt.« Lily-Finja liebte Pferde über alles.

»Die nachtaktiven Tiere werden vermutlich nicht schlafen«, erklärte Herr Olsson. »Wer müde ist, kann sich ein gemütliches Plätzchen suchen.«

Allen war klar, dass er damit nicht nur kuschelige Schlafsäcke in gemütlichen Zelten meinte. Bestimmt dachte er hauptsächlich an Bäume, Moospolster, Höhlen oder unterirdische Unterschlupfe.

»Wie ich mich kenne, verpenne ich die ganze Nacht«, sagte Einstein und zuckte grinsend mit den Schultern. Aber als Feldhase in einem dunklen Bau zu schlafen, konnte er sich keine Sekunde vorstellen. Er würde auf alle Fälle sein Zelt mitbringen.

»Meine Mutter erlaubt das bestimmt nicht«, hauchte Loris leise. Er war der Schüchternste und sprach nicht viel. Alle waren gespannt, welches Tier er war. »Bestimmt findet sie das zu gefährlich für mich.«

»Ich hab mir schon alles überlegt«, antwortete Herr Olsson. Er nickte Melusine zu. Schweren Herzens ließ sie von einer Pausenbox ab und trabte mit einem Stapel Blätter im Maul an.

Einstein wurde schlecht, als er die Blätter sah. Noch einen Test heute überlebte er nicht.

Zu seiner Erleichterung erklärte Herr Olsson: »Das sind Briefe für eure Eltern. Lasst sie bitte unterschreiben, dass sie einverstanden sind.«

Alle grinsten, als sie lasen:

ZELTNACHT IN
DER BÄRENFELDSCHULE
mit Nachtwanderung und Spielen

Samstag ab 17 Uhr bis Sonntagmorgen
am Bauwagen hinter der Schule

Bitte mitbringen:
Zelt, Schlafsack, Proviant, warme Kleidung,
Taschenlampe und ein Buch

Mit freundlichen Grüßen,
Tove Olsson (Sportlehrer)

✂---

(Bitte geben Sie diesen Abschnitt unterschrieben zurück.)

Mein Kind ....
darf an der Zeltnacht teilnehmen.
☐ Ja ☐ Nein

Datum .... Unterschrift ....

»Frau Krawinckel hat mir geholfen, ich hab noch nie einen echten Elternbrief geschrieben«, gluckste Herr Olsson. Er mochte die Lehrerin aus der 1A. Leider wollte sie sich ständig um ihn und Melusine kümmern.

»Ich bring vielleicht eine Überraschung mit«, sagte Wilhelmine. »Ist aber noch geheim.« Sie dachte an das Popcorn-Katapult. Wenn es bis dahin funktionierte, wäre es die Attraktion der Zeltnacht. Und Herrn Olsson machte es bestimmt nichts aus, dass Popcorn ungesund war.

Dann begann Herr Olsson mit dem Unterricht. »Heute üben wir Anschleichen, Lauschen und Wittern«, sagte er.

»Wie langweilig«, maulte Luzie. »Wann sagen Sie uns endlich, wie wir uns verwandeln können?«

Herr Olsson zog missbilligend die Augenbrauen hoch. »Fürs Verwandeln gibt es kein Rezept, das bei allen klappt«, erklärte er dann geduldig. »Mir zum Beispiel hilft es, wenn ich dabei an meine Heimat denke, an die schwedischen Wälder und Seen …«

Atemlos beobachteten alle, wie Herr Olsson im Nu als ausgewachsener Elch auf vier Beinen vor ihnen stand. Es war immer wieder unglaublich. Auf seinem Kopf wuchsen flauschige Ohren und ein gewaltiges Geweih. Sein strubbeliger Kinnbart zierte jetzt eine große Schnauze, mit der er gemütlich vor sich hin kaute. Er war überall mit dichtem braunem Fell bewachsen und schnaubte sanft aus den weichen Nüstern.

»Mir hilft's, wenn ich dran denke, wie ich hoch über dem Boden mit dem Wind fliege«, erklärte Merle. Sie streckte ihre Arme aus und kurz darauf wuchsen ihr überall Federn. Sie hockte auf kräftigen Raubvogelfüßen und guckte alle aus gelben Augen über einen gebogenen Schnabel hinweg an.

»Ich stell mir immer vor, wie ich am Fluss entlangrenne«, kicherte Finn und im nächsten Moment flitzte er als hellbrauner Fellblitz auf vier Pfoten durch die Turnhalle.

»Bei mir ist's Karottenkuchen«, grinste Einstein. »Ich muss ihn nur riechen, schon geht's los.« Scheinbar genügte es mittlerweile auch, wenn Einstein nur an Karottenkuchen dachte. Denn auf einmal zuckten seine Nasenflügel und er ging in die Hocke. Zwei lange Ohren schoben sich aus seinen Haaren, auf der Oberlippe wuchsen Tasthaare und sein Körper überzog sich mit braun gesprenkeltem Fell.

»Aber nicht gleich losrennen«, mahnte Herr Olsson. Er wusste, dass der Feldhasenwandler seine ungewohnte Schnelligkeit noch nicht im Griff hatte. Zur Sicherheit stellte er einen Huf vor ihn.

In diesem Moment drang eine Stimme von draußen

durch die Turnhallentür: »Herr Olsson?« Es war Herr Schinabeck. »Darf ich kurz stören?«, fragte er weiter.

Alarmiert sah Herr Olsson, wie sich der Türgriff bewegte. Was hatte der Klassenlehrer der 4B hier zu suchen? »Schnell, alle zurückverwanden!«, keuchte er und war sofort wieder auf zwei Beinen in seiner Menschengestalt.

Bei Merle und Finn dauerte es etwas länger, aber Einstein blieb einfach als Feldhase hocken, wo er war.

Herr Olsson nickte ihm eindringlich zu. »Verwandeln, Einstein!«, drängte er, die Tür immer im Blick.

»Ich versuch's ja«, jammerte Einstein hilflos. »Aber es klappt nicht.«

Herr Olsson fackelte nicht lange. Er packte Einstein und verfrachtete ihn blitzschnell in einen der Sprungkästen, die am Rand aufgereiht waren. Er schob gerade den Deckel darauf, als Herrn Schinabecks Kopf schüchtern durch den Türspalt lugte.

»Ähm, ich wollte nur fragen, ob Sie meiner Klasse und mir beim Schulfest helfen könnten?«, fragte er. »Wir machen einen Fitnessstand.«

»Sehr gern, Herr Kollege«, antwortete Herr Olsson etwas atemlos. »Schließlich bin ich Sportlehrer.« Er lächelte, als hätte er nichts zu verbergen. Schon gar keinen Feldhasenwandler im Sprungkasten neben ihm.

Herr Schinabeck bedankte sich erfreut. »Und entschuldigen Sie bitte die Störung«, sagte er und verschwand eilig.

Alle atmeten erleichtert auf. Das war gerade noch mal gut gegangen. Zögernd hob sich der Deckel des Sprungkastens und Einstein kam zum Vorschein. Wieder in seiner Menschengestalt.

»Du hast Nerven«, stöhnte Luzie. »Wir wären fast aufgeflogen.«

»'tschuldigung«, murmelte Einstein. »Ich hab's echt versucht, aber …«

Herr Olsson zwinkerte ihm lächelnd zu. »Was hältst du davon, wenn wir an deiner Rückverwandlung arbeiten?«

»Genau, wir üben zusammen«, versicherte Finn. »Jeden Nachmittag.«

»Ja, wir helfen dir«, versprach auch Merle.

»Ich krieg das einfach nicht hin«, seufzte Einstein mutlos und plötzlich musste er auch wieder an den Mathetest denken. »Ich krieg überhaupt nichts hin.«

»So einen Blödsinn hab ich noch nie gehört«, wunderte sich Herr Olsson. »Weißt du, dass dein Namenszwilling Albert Einstein in der Schule sogar sitzen geblieben ist?«

»Echt?«, fragte Einstein verblüfft.

Herr Olsson nickte. »Und später ist er der genialste Wissenschaftler der Welt geworden.« Er klopfte Einstein auf die Schulter. »Keine Sorge, du schaffst das schon«, ermutigte er ihn. »Es ist noch kein Meister vom Himmel gefallen.«

Herr Olsson konnte nicht ahnen, dass das Problem mit der Rückverwandlung den armen Einstein schon bald ordentlich in Schwierigkeiten bringen würde.

Als Wilhelmine mit Merle und Finn nach dem Tierwandler-Unterricht aus dem Schultor kamen, wartete gegenüber an der Laterne ein Hund. Er sah Wilhelmine hechelnd entgegen und wedelte mit dem Schwanz.

Wilhelmine wurde heiß. Es war der Dackel, der heute Morgen schon vor ihrem Erfinderschuppen herumgeschlichen war. Verfolgte er sie? Sie dachte an Merles verrückte Idee, dass sie sich bald verwandeln würde. Aber das wollte sie auf keinen Fall, ihre Erfindung ging vor. Sie beschloss, das Tier einfach zu ignorieren.

Da hatte Finn den Dackel entdeckt. »Hey, guckt mal der süße Hund«, sagte er und überquerte die Straße. Mit gesenktem Blick näherte Finn sich von der Seite und redete ruhig auf das Tier ein. »Besuchst du Tiffy oder was willst du in der Schule?«

»Ist er das?«, fragte Merle aufgeregt. »Der Hund von heute Morgen?«

»Kann sein«, brummte Wilhelmine. »Und wenn schon.«

»Das ist doch kein Zufall …«, setzte Merle an. »Das hat was zu bedeu…«

Doch Wilhelmine verabschiedete sich schnell und lief nach Hause. Der Dackel sprang auf und folgte ihr mit ein paar Metern Abstand.

Ich rieche was, was du nicht riechst

Am nächsten Vormittag war Hausmeister Ploschke auf seinem Beobachtungsposten. Er werkelte unter der hochgeklappten Motorhaube des Rasenmähers, als müsste er etwas reparieren. Doch in Wahrheit wartete er, dass sich was am Bauwagen tat.

Nach der zweiten Unterrichtspause war es endlich so weit. Der neue Lehrer und sein Zwergschwein kamen aus der Tür. Herr Ploschke griff nach dem Päckchen mit den Kartoffelschalen vom letzten Abendessen. Damit wollte er sich bei dem Schwein beliebt machen und gleichzeitig Herrn Olsson im Auge behalten.

Während sich Herr Olsson mit einer Zeitung in den Liegestuhl setzte, trabte das Zwergschwein zum Schulweiher und stand auch schon bis zu den Knien im Uferschlamm.

Herr Ploschke schlug sich durchs Schilf hinterher. »Mandarine«, lockte er das Zwergschwein. »Ich hab was Leckeres für dich.«

Melusine schnupperte kurz, gab ein unfreundliches Schnauben von sich und kehrte ihm den Rücken zu.

War sie beleidigt? Hatte er sich mit dem Namen geirrt? »Komm, Margarine«, versuchte er es noch mal. »Ganz feines Fressi.«

Melusine beachtete ihn überhaupt nicht. Stattdessen ließ sie sich zufrieden in den Schlamm plumpsen.

Herr Ploschke seufzte und ging auf die Knie. »Mandoline, guck mal«, säuselte er und streckte Melusine das Schalenpäckchen entgegen. »Lecker, lecker, lecker.«

Melusine robbte tiefer ins Schilf. Ploschke hinterher, aber er kam wieder nicht nah genug ran. Jetzt saugte sich seine Hose auch noch mit feuchtem Matsch voll.

»Das machst du absichtlich«, schimpfte er verärgert.

Melusine rappelte sich auf ihre Hufe, grunzte ihm ein übermütiges »Oink« entgegen und schüttelte sich ausgiebig.

Danach war Ploschke von oben bis unten mit kleinen Matschspritzern übersät. Er hätte heulen können. Und wofür das alles? Der neue Lehrer hatte nichts weiter getan, als in seinem Liegestuhl Zeitung zu lesen. Absolut unverdächtig. Ploschke trat den Rückzug an, zum Wasserhahn vor dem Geräteschuppen, um sich zu säubern.

Melusine guckte ihm kurz nach und machte sich über die Kartoffelschalen her.

Im Klassenzimmer der 4B gab Herr Schinabeck den Mathe-Übungstest zurück. »Tabea, volle Punktzahl«, lobte er. »Aygül auch, sehr schön.«

Wilhelmine beugte sich zu Merle und flüsterte: »Klar, Aygül hat mindestens die Hälfte abgeschrieben.«

Merle hatte drei Aufgaben falsch.

»Josh, mit etwas Lernen bekommst du das schon hin«, fuhr Herr Schinabeck fort. »Wilhelmine, gut … Luzie, gut … Cleo, könnte besser sein … Finn, Punktabzug wegen unleserlicher Schrift …« Mit einem Stirnrunzeln überreichte er Oskar seinen Test. »Mit den meisten Arbeiten bin ich zufrieden. Aber ein paar von euch könnten sich noch mehr anstrengen.«

Als Nächster war Einstein an der Reihe. Er traute seinen Augen nicht. Da stand eine rote Drei auf seinem Blatt. »Krass, ich hab 'ne Drei«, freute er sich.

»Du musst viel mehr üben«, meinte Herr Schinabeck dazu. »So schwer ist das doch nicht.«

Da merkte Einstein, dass die rote Drei auf dem Blatt bloß die Punktzahl war. Bei einem benoteten Mathetest wäre das eine glatte Fünf. Einstein schluckte und stopfte das Blatt in seine Schultasche. Dort lag auch noch der Elternbrief für die Zeltnacht. Sein Vater hatte gestern keine Zeit gehabt, zu unterschreiben.

»Schaut euch noch mal eure Fehler an«, drang Herrn Schinabecks Stimme schwach zu Einstein. »Übermorgen schreiben wir den benoteten Mathetest ...« Den Rest hörte Einstein nicht mehr, in seinen Ohren rauschte es. Erst als die anderen das Klassenzimmer verließen, merkte er, dass es gegongt hatte. Die sechste Stunde war vorbei. Hoffentlich würde ihn der Tierwandler-Unterricht bei Herrn Olsson etwas ablenken.

»Kennen alle das Spiel *Ich sehe was, was du nicht siehst?*«, empfing Herr Olsson seine Klasse in der Turnhalle. Er war in seiner Elchgestalt und Melusine lag schnarchend mit dem Bauch voller Kartoffelschalen auf den Medizinbällen, ihrem Lieblingsplatz in der Turnhalle.

»Das ist doch bloß ein Kinderspiel«, protestierte Josh. »Wir sind Tierwandler.«

»Ich hab das Spiel etwas abgewandelt«, sagte Herr Olsson, ohne auf Josh einzugehen. »Wir spielen *Ich rieche was, was du nicht riechst.*«

»Hä, wie soll denn das gehen?«, murmelte Suri verwirrt. »Rot und Grün kann man doch nicht riechen.«

»Ich hab hier ein paar Geruchsköder ausgelegt«, erklärte Herr Olsson und deutete mit seinem Geweih quer durch die Turnhalle. »Im Wald gibt es zu viele Gerüche gleichzeitig. Damit ihr nicht durcheinanderkommt, üben wir erst mal in der Turnhalle.«

Finn konzentrierte sich auf seine Wieselgestalt und verwandelte sich. Dann reckte er witternd seine kleine kastanienbraune Schnauze in die Luft. Es war irre, in seiner Tiergestalt roch er tausendmal besser. Da war natürlich der Geruch von verschwitzten Sport-Klamotten. Das Muffeln fiel sogar Menschennasen auf. Aus der Mädchenumkleide drang Parfümgeruch. Es kratzte fies im Hals, nichts für sensible Tiernasen. Ganz schwach nahm er Tiffys Geruch wahr und aus dem Geräteraum duftete es nach Gummi, Holz, Metall und Leder.

»Immer zwei zusammen«, bestimmte Herr Olsson. »Einer nennt den Geruch, der andere sucht ihn.«

»Können Eulen riechen?«, fragte Merle unsicher, nachdem auch sie sich verwandelt hatte. Bisher hatte sie nie darauf geachtet.

»Probier es aus«, ermutigte Herr Olsson sie.

»Vögel haben ja nicht mal eine richtige Nase«, zog Luzie sie auf. »Wie soll sie da was riechen?«

Merle verdrehte ihre leuchtend gelben Augen. Bestimmt war Luzie bloß beleidigt, dass sie sich bisher noch nicht verwandelt hatte.

»Brieftauben verlassen sich auf ihren Geruch, um das Ziel zu finden«, wusste Finn. »Meine Oma hatte mal einen Taubenschlag.« Die Flatterdinger hatten ihm immer ein bisschen Angst gemacht. Zum Glück fand seine Oma, dass Tiere nicht für Menschen arbeiten sollten, und ließ sie frei.

»Dann zeig doch mal, Merle!« Luzie verschränkte siegessicher die Arme. »Ich rieche was, was du nicht riechst, und das riecht nach Käse.«

»Na, warte«, fauchte Merle. Sie schloss ihre Eulenaugen, um sich besser konzentrieren zu können, und sog die Luft ein. Es war ein wildes Durcheinander von Gerüchen. Süß, scharf, streng, zart, blumig und leicht modrig.

»Ich weiß, was nach Käse riecht!«, drang es schließlich aus ihrem Schnabel. »Deine Turnschuhe!« Bevor Luzie sie erwischen konnte, erhob sich Merle kichernd in die Luft. Sie sah, wie Luzie ihr wutentbrannt nachschaute. Merle stieß ein übermütiges »Uhuuu!« aus und landete nach einer Runde durch die Turnhalle neben Wilhelmine.

»Ich muss wieder zu meiner Erfindung«, jammerte Wilhelmine und guckte unruhig auf die Uhr. »Ich bin fast fertig und kann grad echt keinen Nachmittagsunterricht gebrauchen.«

»Komm schon«, versuchte Merle sie zu motivieren. »Ich rieche was, was du nicht riechst, und das riecht nach … Leberwurst.« Merle war sich sicher, auch wenn Wilhelmine es nicht hören wollte: Ihre Freundin war bestimmt die Nächste, die sich verwandelte. Und wenn sie sich nicht täuschte, hatte der Dackel damit zu tun.

Herr Olsson hielt nach Einstein Ausschau. Da, hinter der Weichbodenmatte war ein verdächtiges Knabbern zu hören und zwei lange Ohren lugten hervor. Wie es aussah, hatte sein Feldhasenwandler einen der Geruchsköder gefunden und sich gleich darüber hergemacht. Die Karotte war frisch aus Frau Lobkowitz'

Schulgarten (hoffentlich zählte sie ihr Gemüse nicht nach) und für Feldhasen ein Leckerbissen. Als Herr Olsson um die Matte herumtrabte, guckte nur noch das grüne Ende der Karotte aus Einsteins Schnauze. Kurz darauf war auch das verschwunden.

»Du fühlst dich wohl als Feldhase, was?«, fragte Herr Olsson lachend.

Einstein nickte. »Isch echt cool«, nuschelte er mit vollen Backen. »Scho schnell war isch noch nie.« Er hielt kurz inne. »Wenn isch nur die Rückverwandlung bescher hinkriegen würde.«

»Verstehe«, sagte Herr Olsson und ließ sich neben Einstein nieder. Es dauerte etwas, bis er seine vier langen Beine sortiert hatte. »Sag mal, was machst du als Mensch am liebsten?«

Einstein überlegte. Seinen Fischen konnte er stundenlang zuschauen, wie sie durchs Wasser glitten. »Am liebschten kümmere isch misch um mein Aquarium«, sagte er und schluckte den letzten Bissen herunter. »Letztens haben meine Neonfische sogar Nachwuchs bekommen.« Darauf war er echt stolz, denn das klappte nicht oft.

Herr Olsson nickte beeindruckt. »Du kennst dich richtig gut aus, was?«

»Och, so schwer ist das nicht«, antwortete Einstein verlegen. »Man muss nur die Futtermenge ausrechnen, Härtegrad und Nitratgehalt bestimmen, auf die Temperatur achten und ab und zu etwas Wasser wechseln. Der Filter ist total wichtig, in ihm leben nützliche Bakterien …«

Einstein konnte ewig über sein Hobby reden. Doch dann gongte es, die siebte Stunde war vorbei.

»Gut gemacht, wir üben morgen wieder«, sagte Herr Olsson zufrieden. Als Einstein verwirrt guckte, verzog er seine Elchlippen zu einer Art Lächeln. »Es hat geklappt! Schau dich mal an!«

Einstein sah an sich herunter. Ohne es zu merken, hatte er sich in seine Menschengestalt zurückverwandelt. Bloß hatte er keine Ahnung, wie.

Ein Schreck im Erfinderschuppen

Einstein schloss die Haustür auf und schleuderte die Schultasche in sein Zimmer. Nur drei mickrige Punkte! Wie sollte er in zwei Tagen ein Mathe-Genie werden? Als er ins Wohnzimmer kam, stieß er fast mit seinem Vater zusammen.

»Hast du früher Feierabend?«, fragte Einstein verblüfft. Normalerweise hätte er sich darüber gefreut, doch heute Nachmittag wäre er lieber allein.

»Ich muss gleich wieder weg«, sagte sein Vater gehetzt und zog einen Aktenordner aus dem Regal. »Ich hab nur ein paar Unterlagen vergessen.«

»Papa ...«, begann Einstein. »Da ist die Zeltnacht nächsten Samstag ... mit Herrn Olsson, unserem ... äh, Sportlehrer.«

»Ah ... schön«, sagte sein Vater abwesend, während er den Ordner durchsuchte.

»Du musst nur hier unterschreiben.« Einstein zog den

Elternbrief aus seiner Tasche. Doch leider erwischte er dabei auch den Mathe-Übungstest mit den drei Punkten. Völlig lautlos – wie Merle, wenn sie flog – segelte das Blatt quer über den Boden und blieb mit der Schrift nach oben liegen.

Aber sein Vater hatte es gemerkt. »Da ist ja alles rot!«, rief er entsetzt »Himmel, Rufus, die Arbeit ist voller Fehler.«

Einstein hieß nämlich eigentlich Rufus, doch in der Schule nannten ihn alle Einstein. Den Spitznamen hatte er sich selbst gegeben, weil er das komplette Gegenteil vom superschlauen Albert Einstein war.

»Papa, das war nur ein Übungstest«, sagte Einstein schnell. »Den benoteten Mathetest schaff ich locker.«

Sein Vater nickte. Er hatte die Unterlagen inzwischen gefunden. »Ich hoffe, du schreibst mindestens eine Drei«, sagte er und war schon wieder auf dem Weg aus dem Haus. »Sonst gehst du nicht zelten, sondern lernst lieber am Wochenende!«

»Aber Papa …«, versuchte Einstein ihn umzustimmen. Doch da fiel schon die Tür ins Schloss.

Einen Apfel und eine Packung Kekse später saß Einstein in seinem Zimmer und büffelte Mathe. Na ja, eigentlich sah er die meiste Zeit den bunt schillernden Fischen im Aquarium zu, wie sie hin und her schwammen. Fische hatten es gut, dachte Einstein. Sie mussten sich nicht mit Mathe rumschlagen.

Da klingelte Einsteins Handy. »Papa« stand auf dem Display. Einstein seufzte und drückte auf grün. »Rufus, du gehst nicht raus, bevor du gelernt hast, ja?«, klang die Stimme seines Vaters durch den Hörer.

»Bin fast fertig, alles total einfach«, log Einstein und sah auf das halbfertige Blatt. »Ich mach sogar noch Zusatzaufgaben.«

»Das ist mein Sohn, lässt sich nicht unterkriegen«, freute sich sein Vater. »Wir sehen uns heut Abend. Tschüss.« Das Gespräch war beendet.

Einstein starrte wieder auf das Arbeitsblatt:

689 548 : 7 = ____________________

Die Zahlen tanzten vor seinen Augen. Viel lieber würde er jetzt über eine grüne Wiese flitzen und sich in saftigem Löwenzahn wälzen. Er grinste, bis vor Kurzem hätte er nie im Leben so was gedacht. Aber als Tierwandler war das völlig normal.

Als Wilhelmine nach Hause kam, herrschte der übliche Tumult. Ihre Mutter, Carola König, kochte Mittagessen und ihre beiden kleinen Brüder tobten laut durch die Wohnung.

»Wroar!«, brüllten sie durcheinander. »Wir sind gefährliche Raubtiere … wir haben scharfe Zähne … und Krallen … wir sind aus dem Käfig ausgebrochen, Achtung!«

Zirkus war momentan das absolute Lieblingsspiel der beiden.

»Es gibt Couscous mit Linsengemüse«, begrüßte Wilhelmines Mutter sie. »Holst du die Jungs zum Essen?«

Wilhelmine fing Luki und Sevi ein, wusch ihnen die Hände und setzte sie auf ihre Hochstühle. Ihre Brüder waren richtige Wirbelwinde und kaum zu bändigen.

»Am Samstag ist Sommernachtsfest in der Schule«, erzählte Wilhelmine durch das Geplapper ihrer Brüder. »Und danach macht unsere AG eine Zeltnacht.«

»Wie schön«, erwiderte ihre Mutter. »Du kannst mich in die Elternliste eintragen, ich backe Marzipanmuffins.«

Wilhelmine nickte, sie liebte Marzipanmuffins. »Kannst du auch meinen Schlafsack waschen, damit er nicht nach Keller müffelt?«, fragte sie. »Und ich muss das Zelt aufbauen und schauen, ob nichts fehlt.«

»Warte doch bis heute Abend«, schlug ihre Mutter vor. »Wenn Papa auf die Kleinen aufpasst, helfe ich dir.«

»Da ist ein Hund«, brabbelte Luki auf einmal aufgeregt und zeigte zur Terrassentür.

Luki hatte recht. Wilhelmine entdeckte hinter der Scheibe den Dackel, der sie seit heute früh verfolgte. Er scharrte wild mit den Pfoten im Garten, dass kleine Erdkrümel in hohem Bogen durch die Luft flogen.

»Er will zu uns«, gluckste Sevi begeistert und streckte seiner Mutter die Arme entgegen.

»Er wird doch nicht in den Sandkasten machen?«, fragte Wilhelmines Mutter besorgt und hob Luki und Sevi von ihren Hochstühlen. »Wem gehört der denn?«

»Wird schon jemandem gehören«, brummte Wilhelmine genervt. Warum ging der Dackel nicht einfach nach Hause? Was wollte er von ihr?

»Ob er eine Telefonnummer am Halsband hat?«, überlegte Frau König. »Dann könnten wir den Besitzer anrufen.«

Da patschten Sevi und Luki mit den Händen gegen die Scheibe und der Dackel flitzte erschrocken davon.

Wilhelmine grinste. Manchmal waren kleine Brüder ganz nützlich.

Nach dem Mittagessen spielte Wilhelmine noch eine Weile mit Luki und Sevi Zirkus. Diesmal waren sie gefährliche Schlangen und Wilhelmine musste sie dressieren. Dann brachte Frau König die beiden ins Bett. Wilhelmine atmete auf, endlich hatte sie Zeit und Ruhe für den Erfinderschuppen. Vorsichtig öffnete sie die Haustür – kein Dackel weit und breit. Wilhelmine lief den schmalen Gartenpfad entlang, schlüpfte in den Schuppen und schloss die Tür.

Sie stellte ihre Schultasche in die Ecke (für Hausaufgaben war später immer noch Zeit) und setzte die Schutzbrille auf. Das machten Erfinder so, schließlich konnte beim Erfinden alles Mögliche explodieren. Na ja, bei dem Popcorn-Katapult eher nicht, aber sicher war sicher.

Wilhelmine beugte sich über den Bauplan. Warum fiel das Popcorn einfach auf den Boden und flog nicht in hohem Bogen davon? Lag es an den Gummis? Oder musste sie den Wurfbehälter verbessern? Am besten, sie ging den kompletten Ablauf noch mal durch: Sie drückte den Auslöser, der Wurfarm schnellte nach vorne, plumpste auf den Boden und begrub das Popcorn unter sich. Mist.

Wilhelmine rieb sich die Schläfen, um besser nachdenken zu können. Da stießen ihre Finger auf beiden Seiten gegen etwas weiches Pelziges. Erschrocken zuckte sie zurück. Was war das? Vorsichtig tastete sie noch mal zwischen ihren Haaren, bis sie auf zwei plüschige Felllappen stieß. Rechts einer und links einer und zwar ziemlich groß. Sie bekam Herzklopfen. Ihre Ohren hatten sich in fellbewachsene Schlappohren verwandelt!

»Nein, nein, nein!«, rief sie und schüttelte verzweifelt den Kopf, wobei ihr die Fellohren um den Kopf flogen. »Ich verwandle mich, wann ich will! Ich bin ein Mensch, ein Mensch!«

Sie beschloss, sich abzulenken und holte ihr Englischheft hervor. Keuchend ratterte sie die neuen Vokabeln herunter: »… family – Familie, mother – Mutter, father – Vater, brother – Bruder, sister – Schwester, teacher – Lehrer …«

Als sie sich traute, wieder nach den Ohren zu tasten, waren da nur noch ihre gewohnten Menschenohren. Wie es sich gehörte. Erleichtert atmete Wilhelmine auf.

Weil ihr der Dackel nicht aus dem Kopf ging und auch etwas leidtat, lief sie zum Supermarkt und kaufte Hundefutter. Vielleicht hatte der Kleine wirklich kein Zuhause. Damit er es nicht als Einladung begriff und morgen wiederkam, stellte sie das Schälchen vors Nachbarhaus.

Das Gegenteil von Karottenkuchen

8

Abends brachte Einsteins Vater gebratene Nudeln vom Chinesen mit. Sie aßen zusammen und redeten über das Hotel und die Schule. Wobei Einstein versuchte, möglichst viel zum Hotel zu fragen und möglichst wenig über die Schule zu erzählen. Danach musste Einsteins Vater noch arbeiten. Er klopfte Einstein auf die Schulter, sagte Gute Nacht, und stieg die Treppe zu seinem Arbeitszimmer hinauf.

Einstein ging in sein Zimmer, lümmelte sich aufs Bett und schlug das Mathebuch auf. Er entschied sich für die Aufgabe Nummer 7: *Ein Rennauto soll insgesamt eine Strecke von 12 Kilometern fahren. Eine Runde ist 1500 Meter lang. Wie viele Runden hat der Fahrer nach 6 Runden noch vor sich?*

Einstein malte gerade eine tolle Rennstrecke in sein Heft, als ein Steinchen gegen die Scheibe flog. Er öffnete das Fenster und guckte in die Dämmerung. Vor dem

Haus stand Finn und grinste zu ihm in den ersten Stock herauf.

»Kommst du raus?«, fragte Finn. »Verwandlung üben?«

»Aber es ist schon spät«, antwortete Einstein leise, damit sein Vater nichts mitbekam. »Es wird schon dunkel.«

»Hallo, wir sind nachtaktiv«, kicherte Finn. »Bei uns geht's jetzt erst los.«

»Ich muss Mathe lernen«, seufzte Einstein. »Wenn ich keine Drei schreib, darf ich nicht zur Zeltnacht.«

»Boa, dein Vater ist ganz schön streng«, sagte Finn mitfühlend. »Aber dein Gehirn muss sich auch mal ausruhen.«

Einstein guckte zum Bett, wo die Mathesachen lagen, und wieder zu Finn hinunter.

»Wir könnten zum Flussufer gehen«, drängte Finn. »Jetzt sind dort kaum Leute unterwegs, die uns beobachten.«

»Weiß nicht«, sagte Einstein. Am Ende mussten sie Herrn Olsson mitten in der Nacht zu einem Verwandlungsnotfall holen, damit er ihm half, sich zurückzuverwandeln, bevor sein Vater was merkte.

»Komm schon, es sind tausend Gerüche in der Luft«, versuchte Finn es weiter. »Stell dir vor, wie deine Pfoten übers Gras fliegen und dir der Wind um die Nase weht.«

Fünf Minuten später rannten ein Feldhase und ein Wiesel im Mondschein um die Wette am Flussufer entlang.

»Wer zuerst an der großen Weide ist«, rief Finn und gab Gas.

Einstein lief weit über das Ziel hinaus. Es machte einfach irren Spaß, durch die Nacht zu flitzen. Er schlug ein paar Haken und raste dann in großem Bogen zu Finn zurück.

»Langsaaamer!«, brüllte Finn und stellte sich Einstein in den Weg, um ihn zu bremsen.

Doch Einstein rammte Finn mit voller Geschwindigkeit. Ein Fellgewirr aus acht Pfoten, vier Ohren und zwei Schwänzen kullerte und polterte die Böschung hinunter und landete mit einem lautem *Platsch* im Fluss. Ein paar Enten und Schwäne flogen erschreckt aus ihrem Nachtlager auf. Prustend und pitschnass tauchten Einstein und Finn wieder an der Wasseroberfläche auf.

»Tut mir echt leid«, keuchte Einstein, der sich vor Schreck wieder in seine Menschengestalt verwandelt hatte. »Hab ich dir wehgetan?«

»Nix passiert! Aber immerhin wissen wir jetzt, dass Wasser dich aufhält«, keckerte Finn und schüttelte sich das Wasser aus dem Pelz.

»Na, toll«, lachte Einstein. »Wenn das immer so ist, ist mir das Leben als Feldhase zu nass.«

Danach wollte Einstein sich lieber nicht noch mal verwandeln. Er war froh, dass die Rückverwandlung einmal geklappt hatte.

»Das wird schon«, meinte Finn zuversichtlich. »Du musst einfach das Gegenteil von Karottenkuchen finden.«

Einstein kapierte gar nichts. »Was soll denn das Gegenteil von Karottenkuchen sein?«

»Na ja, Karotten helfen dir, dich in dein Tier zu verwandeln«, erklärte Finn geduldig. »Du musst was finden, was dir bei der Rückverwandlung in deine Menschengestalt hilft. Spaghetti mit Tomatensoße oder Gummibärchen.«

Einstein grinste tapfer, doch so richtig glaubte er nicht dran. Wie es aussah, war er einfach ein hoffnungsloser Fall.

Auf dem Heimweg spürten sie einen Igel, ein paar Fledermäuse, drei Katzen und ein Liebespaar beim Küssen auf. Doch niemand kümmerte sich um den zehnjährigen Jungen und das braun-weiße Wiesel, von dem man in der Dunkelheit sowieso nur den weißen Bauch und die funkelnden Augen sah. Am Rathausplatz verabschiedeten sie sich.

Finn bog in die Hechtseestraße ein und sprang mit einem Satz geschmeidig übers Gartentor der Hausnummer 22. Seine Oma kam gerade aus dem Stall der Walliser Schwarznasen.

»Finn, mein Liebling«, begrüßte sie ihn und zupfte sich etwas Heu aus dem Pelz. »Hast du was Spannendes erlebt?«

Sie war ein Wiesel-Wandler, genau wie er. Finn wusste es erst seit Kurzem. Aber jetzt war klar, warum sie nicht so wie andere Omas war. Manchmal wünschte sich Finn, dass sie auch mal sagen würde: »Finn, du musst jetzt ins Bett … Hast du deine Hausaufgaben gemacht? … Putz dir die Zähne …« Trotzdem war sie die coolste Oma der Welt.

Einstein wollte noch nicht nach Hause. Dort lagen immer noch die Matheaufgaben auf seinem Bett. Darauf hatte er keine Lust. Er lief noch mal zur Schule, genauer gesagt wollte er zum Schulgarten. Die Karotten der AG *Pflanz dein Pausenbrot* waren das Leckerste, was er kannte. Als er nur daran dachte, verwandelte er sich wieder in einen Feldhasen.

Auch Hausmeister Ploschke war noch wach. Er stand mit Schürze und Kochlöffel in der Küche. Konzentriert sah er abwechselnd auf die Kartoffel in seiner Hand und auf ein ausgedrucktes Kochrezept. »Man nehme weich gekochte Kartoffeln«, murmelte er, »und vermische sie mit geschrotetem Mais und Hafer …« Er seufzte, Kochen war nicht sein Ding, er war ein Handwerker. Er kannte sich mit Rasenmähern, Mikrofonanlagen und Heizungen aus. Er konnte höchstens noch die Kaffeemaschine und die Mikrowelle im Pausenkiosk bedienen. Doch offensichtlich war das Zwergschwein des Lehrers ein Feinschmecker. Er musste etwas Besonderes für die Margarine oder Praline oder Apfelsine (oder wie auch immer das Tier hieß) zubereiten.

Gefangen!

Einstein kam erst gar nicht bis zum Schulgarten. Er kam nicht mal durchs Schultor. Als er gerade an der Schulstraße Nummer 3 vorbeilief, standen auf einmal zwei stämmige Beine vor ihm, die mindestens bis in den Himmel reichten. Ein geübter Griff packte ihn am Nacken und im nächsten Moment baumelte er zappelnd fast zwei Meter über dem Boden.

»Wen ham wir denn daaa?«, dröhnte es in seinen empfindlichen Hasenohren. »Ein kleiner Ausreißer … Elviraaa, guck mal!«

Einstein sah direkt in das Gesicht von Herrn Knorz, dem Kaninchenzüchter und Nachbarn der Bärenfeldschule. Sein Atem roch nach scharfen Hustenbonbons. Dieser Mensch war ihm eindeutig zu nah. Mist, halte immer Ausschau nach Feinden, hatte Herr Olsson ihnen beigebracht. Aber Einstein hatte nur an die Karotten gedacht und Herrn Knorz zu spät bemerkt.

Jetzt eilte auch Frau Knorz aus dem Haus. »Du bist ja ein

Wonneproppen«, säuselte sie und begutachtete Einstein entzückt. »Ist das Putzilein ganz allein auf der Welt?«

»He, runterlassen«, stieß Einstein hervor. »Mein Papa wartet schon auf mich.« Was leider überhaupt nicht stimmte, denn sein Papa glaubte ja, Einstein wäre in seinem Bett. Außerdem verstanden die Kaninchenzüchter ihn sowieso nicht, denn nur Tierwandler konnten Tierwandler verstehen.

Auch der kleine Dackel, der hinter einem der geparkten Autos alles atemlos beobachtete, verstand ihn nicht. Doch er kapierte, dass der Feldhase ein Problem hatte.

Und dann ging alles ganz schnell. Herr Knorz nahm Einstein unter den Arm, trug ihn ins Haus und schloss die Tür. Im Wohnzimmer setzte er ihn auf einen Tisch und knipste eine Lampe an. Einstein war fast blind von der plötzlichen Helligkeit.

»Keine Angst, kleines Wuschelchen«, sagte Frau Knorz liebevoll, während sie Einstein festhielt. »Dir passiert nichts.«

Dabei patschten die Hände von Herrn Knorz aufdringlich auf Einstein herum. »Keine Verletzung«, murmelte Herr Knorz fachmännisch. »Keine Milben, keine Zecken, keine Flöhe.«

Flöhe? Einstein hätte Herrn Knorz am liebsten geboxt.

Er hatte doch keine Flöhe! Doch da wurde er schon wieder in die Höhe gehoben und es ging weiter durch die Terrassentür und in den Garten. Frau Knorz öffnete die Tür eines Schuppens und Herr Knorz steckte Einstein hinein.

»Fress dich erst mal satt und ruh dich aus«, rief Frau Knorz ihm noch zu. »Morgen sehen wir weiter.« Dann klappte die Tür zu, ein Schlüssel drehte sich im Schloss und Einstein war gefangen.

Er konnte hören, dass er nicht allein war – und er konnte es sehen: Um ihn herum hockte die gesamte Kaninchenmannschaft der Knorzens. Man hatte ihn tatsächlich in den Kaninchenstall gesperrt. Ein paar der Tiere hoppelten herum, einige knabberten Grünzeug und andere lagen in kleinen Kuhlen im Heu. Keins schien sich für Einstein zu interessieren.

»Hey, Leute«, sagte er. »Coole Hütte hier.«

Unbeeindruckt zuckten die Kaninchen weiter mit ihren Nasen. Sie verstanden ihn nicht und Einstein konnte kein Kaninisch – oder wie auch immer ihre Sprache hieß.

»Okay«, murmelte Einstein. »Ruhe bewahren und Lage checken.« Er versuchte, sich zurückzuverwandeln. Doch wie erwartet, klappte es nicht. Nicht mal seine Schwanzspitze verwandelte sich. Aber es wäre sowieso sinnlos, weil die Tür abgeschlossen war. Außerdem: Wie sollte er den Kaninchenzüchtern morgen erklären, dass sie keinen Hasen, sondern ein Kind im Stall hatten. Er saß in der Falle!

Trotzdem, er musste hier raus! Und zwar sofort, wenn er keins von den kuscheligen Schoßtierchen der Knorzens werden wollte. Er war ein Feldhasenwandler, er gehörte in Herrn Olssons Klasse und in die Wildnis, aber nicht in einen Stall.

Einstein beobachtete, wie ein Kaninchen einfach durch die kleine Klappe in der Wand hinausschlüpfte. Kurz darauf kam ein anderes durch die Klappe herein. Echt jetzt? Er war gar nicht gefangen? Der Ausgang lag die ganze Zeit direkt vor seiner Nase, nur einen Hopser entfernt?

Sein linker Hinterlauf klopfte vor Aufregung wild auf den Boden. In ein paar Sekunden wäre er wieder frei. Zur Sicherheit knabberte er noch einmal an einer Karotte. Nicht dass er sich aus Versehen zurückverwandelte, wenn er gerade in der Klappe steckte.

Dann los. Einstein holte tief Luft und hoppelte auf die Klappe zu, genauso wie das Kaninchen vorher. Er machte sich so schlank es ging, stupste mit der Schnauze dagegen und … rums. Er knallte einfach dagegen, die Klappe bewegte sich keinen Millimeter. Er probierte es noch einmal und noch einmal, doch die Klappe blieb zu.

Da hoppelte wieder ein Kaninchen heran. Die Klappe öffnete sich wie von Geisterhand, es schlüpfte durch, und die Klappe schloss sich wieder. Was hatte er falsch gemacht?

Da fielen Einstein die Halsbänder der Kaninchen auf, offenbar eine Art Sender. Das kannte er vom Hotel seines Papas. Dort kam man nur mit einer Chipkarte in die Zimmer. Aber leider hatte Einstein keinen Chip. Und ohne

Hände würde er nie ein Halsband von einem der Tiere abbekommen, um es zu benutzen.

Er war doch gefangen – unter mindestens zwanzig Kaninchen, die sich nicht die Bohne für ihn interessierten. Verzweifelt scharrte er eine Kuhle ins Heu und kuschelte sich hinein. Niemand wusste, wo er war. Sein Papa würde ihn erst morgen Abend vermissen, denn morgen früh ging er wie immer zur Arbeit, wenn Einstein (wie er glaubte) noch schlief.

Immerhin war es warm und weich im Stall und es gab genug zu futtern. Seine Fische kamen auch ein paar Tage allein zurecht. Im Aquarium fand sich immer Futter und das Licht funktionierte mit Zeitschaltuhr.

Um sich abzulenken, zählte Einstein die Kaninchen. Er subtrahierte die gefleckten Kaninchen von den weißen und addierte die braunen dazu. Er multiplizierte das Ergebnis mit zwei, um die Zahl der Ohren herauszubekommen und dividierte die Karotten durch die Zahl der Tiere. So konnte er wenigstens Mathe üben, bis ihn jemand fand. Falls ihn überhaupt jemand fand.

Nein, ganz bestimmt würde ihn jemand finden! Finn, Merle und die anderen würden ihn morgen in der Schule vermissen. Zusammen mit Herrn Olsson würden sie ihn hier rausholen.

Auch Wilhelmine konnte in dieser Nacht nicht schlafen. Nach dem Abendessen hatte sie mit ihrer Mama das Zelt überprüft und sich dann noch mal in den Erfinderschuppen verzogen.

Es war verhext mit dieser Erfindung. Wieder und wieder ging sie alles durch: Popcorn in den Behälter, Gummi spannen und an der Kurbel drehen, Auslöser drücken. Doch wie die letzten Male ging es schief. Irgendetwas stimmte nicht. Bloß was?

Sie nahm sich den Bauplan noch mal vor … und plötzlich war es, als würde eine Stelle auf dem Bauplan aufblinken: der Stopper fehlte. Warum war ihr das vorher nie aufgefallen? Sie nahm einen Stift und zog einen dicken Strich zwischen die beiden Vierkanthölzer, die die Achse des Wurfarms hielten. Dann sägte sie ein weiteres Vierkantholz zu und schraubte es an das Katapult.

Sie wollte es noch einmal probieren. Dieser Versuch war der letzte. Sie bereitete alles vor, legte den Zeigefin-

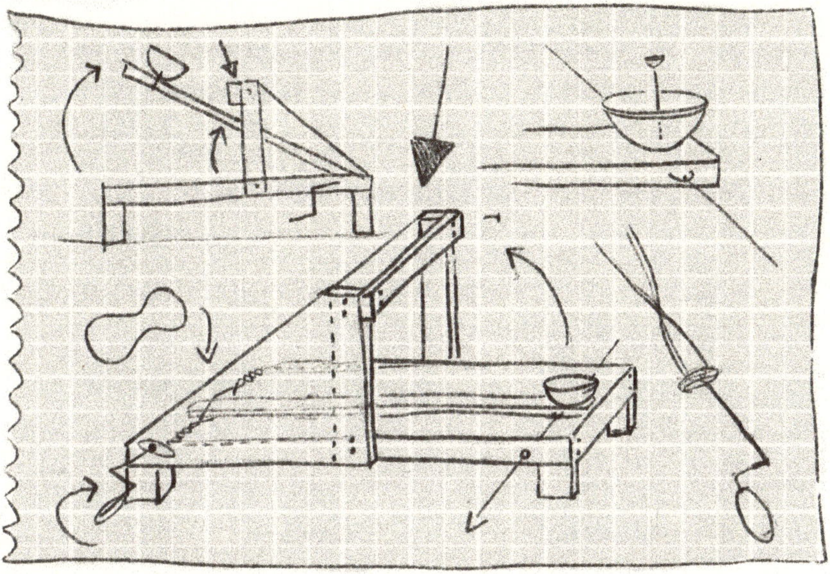

ger auf den Auslöser, schloss die Augen und drückte. Das Katapult machte »zonggggg« und Wilhelmine hörte ein Geräusch wie ein Hagelschauer. Zögernd blinzelte sie in den Raum …

Es hatte geklappt! Das Popcorn war in hohem Bogen durch den Erfinderschuppen geflogen und gegen das Fenster geprasselt. Wilhelmine jubelte und das Popcorn knirschte unter ihren Füßen, als sie um das Katapult herumtanzte. Jetzt fehlte nur noch, dass das Popcorn geradeaus flog und sich nicht überall verteilte, damit man es mit dem Mund auffangen konnte.

Da spürte sie auf einmal eine Bewegung an ihrem Rücken, ganz unten auf Höhe ihres Steißbeins. War das etwa …? Ihr wurde schlecht. Hatte sie gerade … vor Begeisterung mit dem Schwanz gewedelt? Hastig drehte sie sich um und entdeckte unter ihrem Rock einen weiß-braunen pelzigen Schwanz, der freudig hin- und herschwang.

Im nächsten Moment ging die Alarmanlage los. Wilhelmine erstarrte. Bestimmt war ihr Vater oder ihre Mutter im Anmarsch, weil es Zeit zum Schlafen war. Wilhelmines Knie zitterten. Gleich würden ihre Eltern in der Tür stehen – und sie hatte einen Schwanz!

Was machte man in so einem Fall? *Wenn ihr in eurer Tiergestalt Menschen begegnet, lauft davon*, hatte Herr Olsson gesagt. Aber was machte man, wenn man in seiner Menschengestalt war und bloß ein Körperteil zu viel hatte? Genauer gesagt: einen Schwanz. Wilhelmine drückte sich gegen die Wand und hoffte, es würde sich nicht noch ein Teil von ihr verwandeln. Wie sollte sie ihren Eltern eine Pfote oder eine Schnauze erklären?

Da kratzte es an der Tür und ein leises Winseln ertönte. Wilhelmine atmete auf, draußen war bloß der Dackel. Er hatte die Alarmanlage ausgelöst. Sie hätte nicht gedacht, dass sie sich mal so über das Tier freuen würde. Erleichtert öffnete sie die Tür.

Der Dackel sprang aufgeregt bellend an ihr hoch, zwischendurch rannte er immer wieder zum Gartentor und wieder zu Wilhelmine zurück. Als wollte er ihr etwas sagen, ihr irgendwas zeigen.

»Das musst du … woff … mir morgen zeigen … woff«, sagte Wilhelmine, ihre Stimme war plötzlich rau und heiser. »Ich hab … woff … gerade ganz andere Probleme … woff … woff …«

Um Wilhelmine herum drehte sich alles. Es war so weit, ihre erste Verwandlung begann.

Wo ist Einstein?

Am nächsten Morgen blieb Einsteins Platz im Klassenzimmer leer. Auch noch fünf Minuten nach dem Gong.

»Weiß jemand, was mit Einstein ist?«, fragte Merle.

Einige Kinder schüttelten den Kopf. Einstein war zwar oft der Letzte, aber zu spät zur Schule kam er nicht.

»Jedenfalls ist er nicht krank«, meinte Tabea. »Im Klassenbuch liegt keine Entschuldigung.« Sie hatte das Buch vorhin aus dem Lehrerzimmer geholt.

»Ich war gestern Nacht noch mit Einstein am Fluss«, berichtete Finn. »Kurz nach zehn sind wir beide heim. Vielleicht hat er verschlafen.«

Wilhelmine war mit ihren Gedanken ganz woanders und rutschte unruhig auf ihrem Stuhl umher. Sie hatte ihre Neuigkeit bisher für sich behalten, sie wollte auf den richtigen Moment warten. Zuerst würde sie es Merle und Finn erzählen, dann vielleicht Oskar und Josh und natürlich Herrn Olsson.

Der kleine Dackel hatte sie auch heute wieder zur Schule begleitet. Komisch war, dass er diesmal vor dem Gartentor der Kaninchenzüchter stehen geblieben war. Dort hatte er andauernd gebellt, scheinbar mochte er keine Kaninchen. Jedenfalls war er total in Wilhelmine verknallt, das hatte sie seit ihrer Verwandlung gestern kapiert.

»… Wilhelmine, hörst du mich?« Merle zupfte ungeduldig an ihrem Ärmel.

»Was?«, fragte Wilhelmine verwirrt. Sie hatte nichts mitbekommen.

»Ich hab dich gefragt, ob du weißt, was mit Einstein ist?«, wiederholte Merle.

Wilhelmine zuckte mit den Schultern. »Woher soll ich das wissen?«

»Und wo ist Herr Schinabeck?«, fragte Luzie auf einmal.

Tatsächlich, auch ihr Lehrer war noch nicht da. Es war noch keinem aufgefallen, denn er saß oft ruhig hinter seinem Pult und trank Tee.

»Vielleicht hat ihn wieder jemand auf dem Lehrerklo eingesperrt«, kicherte Josh und zwinkerte Finn zu.

»Diesmal war ich's echt nicht«, antwortete Finn. Was sogar stimmte.

Da marschierte Frau Lobkowitz aus der 4A ins Klassenzimmer. Sofort war es mucksmäuschenstill. Insgeheim nannten sie alle Frau Meckerwitz, denn sie war die strengste Lehrerein der ganzen Schule.

»Herr Schinabeck ist krank«, schnarrte sie unfreundlich. »Ich habe Mathe-Arbeitsblätter für euch, die ihr bearbeiten sollt.«

»Aber wir müssen das Sommernachtsfest vorbereiten«, widersprach Oskar mutig. Er war immerhin Klassensprecher und musste sich um solche Dinge kümmern.

Doch Frau Lobkowitz ignorierte ihn einfach und ging stattdessen die Anwesenheitsliste durch.

»Merle Böhmlein«, las sie laut vor.

Merle sagte: »Ja.«

»Luzie Eder.«

»Ja.«

Als Frau Lobkowitz bei Einsteins Namen ankam, antwortete natürlich niemand.

»Rufus Kimmel«, wiederholte Frau Lobkowitz ungeduldig, ohne von der Liste aufzusehen.

»Ja«, murmelte Finn mit verstellter Stimme. Nicht, dass Einstein noch Ärger bekam. Trotzdem wurde Finn rot. Stimmenfälschung war bestimmt mindestens so verboten wie Unterschriftenfälschung. Doch Frau Lobkowitz merkte nichts.

Danach rechneten sie die Arbeitsblätter durch. Noch

nie war es in der 4B so still gewesen. Unter dem strengen Blick von Frau Lobkowitz auch kein Wunder.

Direktorin Bockelmann zog mit einigen Papierrollen unterm Arm durchs Schulhaus. Die Ankündigungsplakate für das Sommernachtsfest waren besonders schön geworden. Sie hatte sie selbst am Computer entworfen. Darauf waren die Schule mit der Turnhalle, der Schulhof und die Kastanie, der Schulgarten und auch der Bauwagen abgebildet. Von oben, so wie die Vogel- und Fledertierwandler ihrer Schule das Gelände im Flug sahen. Momentan gab es zwar nur einen fliegenden Wandler – Merle Böhmlein, eine Eulen-Wandlerin – doch bestimmt kamen bald weitere dazu.

Direktorin Bockelmann klebte in jedes Stockwerk ein Plakat und eins an die Eingangstür. Das letzte Plakat befestigte sie draußen am Schultor an der Straße. Sie trat zwei Schritte zurück, um es zu bewundern.

»Sehr hübsch«, murmelte sie und schnurrte fast vor Glück. Sie freute sich auf das Sommernachtsfest. Es war schön, wenn Kinder, Eltern und Lehrer auf dem Schulgelände zusammenkamen. Die Schulband sorgte für Musik und die Klassen bereiteten ein kleines Programm vor.

Alle würden viel Spaß miteinander haben. Vor allem – sie leckte sich die Lippen – gab es köstlichen Kuchen.

Noch jemand begutachtete das Ankündigungsplakat für das Sommernachtsfest der Bärenfeldschule: Ein roter Kleinwagen fuhr langsam hinter Frau Bockelmanns Rücken vorbei. Darin saßen Herr und Frau Knorz, die gerade von *Bello, Miez & Co.* zurückkamen. Sie hatten Spezialfutter und Vitamine für ihren Neuzugang geholt. Das hübsche Langohr sollte sich bei ihnen wohlfühlen. Doch jetzt war ihre gute Laune verflogen.

»Sommernachtsfest mit Spiel und Spaß, Samstag ab 17 Uhr«, las Frau Knorz mit bebender Stimme. »Rooobert, da müssen wir was tun.«

»Jetzt hat man nicht mal nachts seine Ruhe«, knurrte Herr Knorz. »Das lassen wir uns nicht gefallen!«

Nach der Pause fehlte Einstein immer noch. Nun übernahm Frau Krawinckel aus der 1A die Vertretung von Herrn Schinabeck. Sie spielte der Klasse etwas auf dem CD-Spieler vor.

»Das Musikstück heißt *Die Moldau* und ist von Bedrich Smetana«, erklärte sie. »Der Komponist erzählt darin die Geschichte vom Lauf eines Flusses … hört genau hin, man sieht es direkt vor sich, wo er überall vorbeifließt …«

Merle konnte nicht aufpassen, sie musste an Einstein denken. Ob er in Schwierigkeiten steckte? Am Ende hockte er irgendwo als Feldhase und wusste nicht weiter. Sie mussten unbedingt etwas tun. Ein Tierwandler konnte sich doch auf seine Freunde verlassen.

Merle schob Finn einen zusammengefalteten Zettel zu. »Lesen und an alle Tierwandler weitergeben«, flüsterte sie.

Finn wartete, bis sich Frau Krawinckel zur Tafel drehte. Dann öffnete er den Zettel unterm Tisch und las:

ACHTUNG!
In der Pause suchen wir Einstein
Treffpunkt: Herrn Olssons Bauwagen

Finn nickte Merle zu, faltete den Zettel wieder und gab ihn heimlich an Wilhelmine weiter. Sie las ihn und reichte ihn nach hinten zu Josh und Oskar. Die schleusten den Zettel an Alina und Elisa vorbei (was gar nicht so leicht war) zu Luzie. Das ging so weiter, bis schließlich alle Tierwandler Bescheid wussten.

Danach floss Frau Krawinckels Moldau noch endlos lange vor sich hin, bis es endlich zur Pause gongte.

Merle und Finn informierten schnell die Tierwandler aus der 4A – je mehr mithalfen, desto besser – und kurz darauf trafen sich alle vor dem Bauwagen. Josh stürmte die Stufen hinauf und klopfte gegen die Wagentür. Doch Herr Olsson war nicht da.

»Mist, wo sind Lehrer, wenn man sie mal braucht?«, schimpfte Finn.

Merle wusste, dass er das nur sagte, weil er sich um Einstein Sorgen machte. Herr Olsson war der Lieblings-

lehrer von allen und hatte immer ein offenes Ohr für seine Schüler.

»Zuerst rufen wir Einstein an«, schlug Oskar vor und griff in seine Jackentasche. Handys waren in der Schule zwar verboten (wer erwischt wurde, musste es mit den Eltern bei Direktorin Bockelmann abholen und bekam eine Strafarbeit), doch das hier war schließlich ein Notfall.

Aber Einstein ging nicht an sein Handy.

»Weiß jemand, wo Einstein wohnt?«, fragte Josh.

»Römerweg 11«, sagte Finn und ärgerte sich, dass er nicht früher daran gedacht hatte. »Ich renn sofort hin und schau nach, ob er dort ist.«

»Ich flieg das Gelände ab«, sagte Merle. »Ich brauch nur einen geheimen Startplatz, damit keiner sieht, wie ich mich verwandle.«

»Wilhelmine, Josh und ich suchen vor der Schule«, bestimmte Oskar. »Die anderen suchen überall in und um die Schule herum.«

»Und warum darfst du alles bestimmen?«, maulte Luzie.«

»Leute, wir haben 20 Minuten«, mahnte Wilhelmine mit einem Blick auf die Uhr. »Streitet euch später, sonst ist die Pause vorbei.«

Als Wilhelmine, Josh und Oskar sich vom Pausenhof schleichen wollten, hielt Frau Lobkowitz sie auf. Gerade war sie noch mit einem Streit an der Schultreppe beschäftigt gewesen. Sie hatte ihre Augen wirklich überall.

»Was geht hier vor?«, fragte sie scharf. »Keiner verlässt den Pausenhof.«

»Wir haben … was verloren«, behauptete Oskar, ohne mit der Wimper zu zucken. Irgendwie stimmte es ja auch. Einstein war nicht da, er war sozusagen verloren.

»Ihr könnt nach der Schule suchen«, sagte Frau Lobkowitz.

»Aber dann findet es vielleicht jemand anderes«, widersprach Oskar. Ein fieser Gedanke, dass Einstein irgendwo als Feldhase hockte und jemand ihn fand und mitnahm.

»Ihr bleibt hier, basta. Ich behalte euch im Auge«, warnte Frau Lobkowitz und blieb den Rest der Pause vor dem Schultor stehen.

»Sie hat von Kindern einfach keine Ahnung«, brummte Oskar wütend.

Ausbruchsversuch Nr. 2

Merle startete direkt hinter dem Bauwagen. Mit kräftigen Flügelschlägen schraubte sie sich in die Luft und flog einmal über das Schulgelände. Auf dem Schulhof war sogar für ihre scharfen Raubvogelaugen viel zu viel Gewimmel, um Einstein ausmachen zu können. Doch dafür war sowieso die Bodentruppe zuständig.

Neben der Turnhalle sah sie Herrn Ploschke, der mit einem Futterschälchen hinter Melusine herrannte. Melusine grunzte vergnügt, während sie immer wieder Haken schlug und den Hausmeister austrickste.

Merle steuerte das Wäldchen hinter der Schule an und zog dicht über den Baumspitzen Kreise. Einmal glaubte sie, einen Feldhasen im Unterholz zu sehen, doch es war nur ein Rehkitz.

Sie flog weiter zum Fluss. Finn hatte gesagt, dass er gestern Nacht mit Einstein dort gewesen war. Von oben erspähte sie Spaziergänger, Radfahrer, Jogger, Schwimmer und eine Schulklasse beim Ausflug. Sie sichtete Sing- und Wasservögel, Mäuse, Katzen, Hunde und Insekten. Auch ein Eichhörnchen, das sich einen Müsliriegel von einer Picknickdecke klaute. Doch Einstein war nirgends zu sehen – weder als Mensch noch als Feldhase.

Dann musste Merle zurück zur Schule. Beim Landeanflug überquerte sie das Grundstück der Familie Knorz. Die Kaninchen drängten sich um Frau Knorz, die ihnen gerade Futter brachte. Herr Knorz schob eine Schubkarre voll Stroh in den Stall. Den Feldhasen hinter dem Stallfenster sah Merle nicht.

Für Finn war es leicht gewesen, sich als Wiesel vom Pausenhof zu stehlen. Er rannte die Strecke bis in den Römerweg 11 in seiner Tiergestalt, als Wiesel hatte er mehr Ausdauer. Vor Einsteins Haus verwandelte er sich hinter einer Plakatwand zurück. Er warf einen Stein gegen Einsteins Fenster, er rief nach ihm, er klingelte Sturm. Doch nichts rührte sich. Was jetzt?

Finn betrachtete die Regentonne, die an der Hausecke stand. Sein Blick wanderte das Fallrohr zur Regenrinne hinauf, das zwischen Efeuranken an Einsteins Fenster vorbeiführte. Das Fallrohr war zu glatt, aber die Efeuranken wären eine prima Kletterhilfe.

Trotzdem beunruhigte ihn der Gedanke. Wiesel waren zwar einigermaßen gute Kletterer, doch er hatte Höhe noch nie gemocht. Sonst wäre er sicher ein Vogel. Er kletterte nur, wenn es unbedingt nötig war. Aber jetzt war es nötig.

Finn sah sich kurz um, ob er unbeobachtet war, und verwandelte sich. Dann ging es steil hinauf in den ersten Stock zu Einsteins Fenster. Bloß nicht zurückschauen, sagte er sich immer wieder. Er umklammerte die verschlungenen Efeuranken mit seinen Krallen und zog sich Stück für Stück höher. Manchmal nahm er auch seine Zähne zu Hilfe. He, wozu hatte er ein Raubtiergebiss?

Endlich hatte er das Fensterbrett erreicht. Es war kaum breiter als er. Mit klopfendem Herzen drückte er die Schnauze an die Scheibe und spähte in Einsteins Zimmer – Einstein war nicht da.

Einstein hatte den ganzen Morgen über jeden Zentimeter des Kaninchenstalls untersucht. Es gab keinen versteckten Durchschlupf, keine Ritze in der Wand und kein lockeres Brett. Nur ein kleines Fenster etwa eineinhalb Meter über dem Boden, durch das er ein Stück des Himmels sehen konnte.

Sehnsüchtig sah Einstein hinauf. Dahinter lag die Freiheit. Unter dem Fenster waren zwei Käfige übereinandergestapelt … wenn er sie als Räuberleiter benutzte, könnte er das Fenster erreichen. Einstein zählte bis drei und sprang. Er musste kurz balancieren, bis sich der wacklige Turm beruhigt hatte.

Doch Einsteins Vorfreude wurde gleich zerstört. Das Fenster ließ sich nicht öffnen, es war nur eine angeschraubte Plexiglasscheibe. Ohne Werkzeug kam er da nicht weiter. Entmutigt sah er hinaus in den Garten der Familie Knorz. Gleich hinter dem Gartenzaun lagen die Bärenfeldschule und der Pausenhof. Doch von dieser Seite der Scheibe wirkte alles weit, weit weg.

Einstein glaubte Wilhelmine, Josh und Oskar am Schultor zu sehen. Er trommelte mit den Pfoten wild gegen die Scheibe und schrie: »He Leute, hier bin ich! Holt mich raus!« Sie mussten ihn doch hören! Doch sie guckten nicht mal in seine Richtung.

Ein braunes Kaninchen mit hängenden Ohren kam neugierig näher und starrte zu Einstein hinauf. Bisher hatten ihn die Fellpuschel ignoriert. War es der Chef hier? Das mutigste Kaninchen oder bloß das neugierigste?

»Weißt du, wie ich hier rauskomme?«, versuchte Einstein sein Glück. Aber das Kaninchen wackelte nur verträumt mit der Nase.

»Klar, nicht dein Problem«, pflaumte Einstein das verdutzte Tier an. »Für dich ist das hier Disney-Land.«

Einstein hatte eine letzte Idee für einen allerletzten Fluchtversuch. Unter dem Stroh war Erde, hatte er gesehen, als Herr Knorz vorhin zum Ausmisten hier war, kein Beton. Einstein musste nur tief genug graben und durchhalten, dann wäre er morgen frei. Er sprang zurück auf den Boden und fing an.

Rechts-links-rechts-links, seine Pfoten buddelten, immer schneller und schneller. Stroh und Erde flogen in hohem Bogen hinter ihn und im Nu war eine kleine Mulde entstanden. Es klappte besser als gedacht. Vielleicht wäre er sogar schon heute Abend frei, noch bevor sein Papa nach Hause kam. Dann musste der von der ganzen Verwandlungssache gar nichts erfahren.

Wegen der Schule musste Einstein einfach mit Direktorin Bockelmann reden. Sie würde verstehen, warum er heute nicht im Unterricht gewesen war. Schließlich konnte er nichts dafür. Morgen würde er dann in Mathe eine Drei schreiben, am Samstag würde er zur Zeltnacht gehen und alles wäre gut.

Da stießen seine Pfoten gegen etwas Hartes. Er versuchte es mit mehr Kraft, dann links daneben und rechts daneben, aber er kam nicht weiter. Die Kaninchenzüchter hatten Hasendraht in der Erde verlegt. Absolut ausbruchssicher.

Schlappohren und Schwanzwedeln

Nach der sechsten Stunde wartete Herr Olsson wie immer in der Turnhalle auf seine Klasse. Er sah sofort, dass etwas nicht in Ordnung war.

»Einstein ist verschwunden«, platzte Josh mit der Neuigkeit heraus. »Wir haben ihn schon überall gesucht.«

Abwechselnd berichteten Merle und Finn, wo sie schon überall gesucht hatten. Herr Olsson hörte aufmerksam zu. Sein Blick wurde immer düsterer. So ernst hatten die Tierwandler ihn noch nicht erlebt.

»Wir müssen Direktorin Bockelmann Bescheid geben«, sagte er dann. »Jetzt gleich.«

Als Melusine keine Lust mehr auf Laufspiele mit Herrn Ploschke hatte, hängte sie ihn kurzerhand ab. Sie spurtete über den Schulhof, lief Slalom durch den Fahrradständer, rannte einmal um den Schulgarten und versteckte sich unter dem Bauwagen.

Ziemlich lästig, wie der Hausmeister sie seit Neuestem auf dem Kieker hatte. Melusine war nicht mal dazu gekommen, die Kaninchenzüchter zu besuchen. Dort wartete nämlich auf dem Kaminsims eine Reihe von glitzernden Pokalen auf sie. Melusine liebte Glitzer über alles und hatte es letztens zufällig entdeckt.

Leider war es nicht mehr so leicht, zu den Knorzens zu gelangen, seit der Gartenzaun repariert war. Doch Melusine fand immer einen Weg, wenn sie irgendwo hineinwollte. Sie trabte aus dem Schultor, dann links den Gehweg entlang zum Gartentor der Kaninchenzüchter.

Auf dem Teer witterte sie die Spur von Angst, nur leicht, etwa zwölf Stunden alt. Melusine schnüffelte und glaubte, den Geruch des neuen Feldhasenwandlers zu erkennen. Aber was sollte er gestern Nacht hier gemacht haben? So spät war er bestimmt nicht draußen gewesen, sondern hatte behütet in seinem Bett gelegen. Sie musste sich täuschen.

Außerdem hatte sie Wichtigeres zu tun, als sich um Tove Olssons Schüler zu kümmern. Denn gerade kam ein gelbes Postauto den Schulweg entlang und hielt vor der Nummer 3. Der Fahrer schleppte ein großes Paket zum Haus der Knorzens. Das war Melusines Chance.

In dem Moment, als Herr Knorz die Tür öffnete und sich mit dem Paketboten unterhielt, witschte sie ins Haus. Melusine trippelte auf ihren kleinen Hufen unbemerkt an der Küche vorbei (in der Frau Knorz gerade abspülte), schnurstracks ins Wohnzimmer und versteckte sich hinter der Gardine. Dort wollte sie warten, bis die Luft rein war.

Eine Haus- und eine Stallwand entfernt lag Einstein im Stroh und mümmelte eine Selleriestange. Er hatte die Fluchtversuche erst mal aufgegeben. Eigentlich war das Leben bei den Kaninchenzüchtern ganz angenehm. Es gab zu futtern, man konnte chillen, und vor allem wurden keine benoteten Mathetests geschrieben. Er könnte sich glatt dran gewöhnen. Auch wenn er immer noch hoffte, dass seine Freunde ihn fanden.

Einstein hörte Schritte näher kommen. Die Stalltür öffnete sich und Herr Knorz stapfte herein. Bevor Einstein kapierte, was los war, wurde er am Nacken gepackt und sauste einen guten Meter in die Luft. Direkt in die fleischigen Arme von Herrn Knorz. Das kam seit gestern Abend eindeutig zu oft vor.

Was passierte jetzt? Soweit Einstein wusste, verließen die Kaninchen den Garten bloß, wenn sie zum Tierarzt mussten. Seine Nase zuckte wild. Nur das nicht! Er ging schon nicht gern zum Kinderarzt. Er hasste Spritzen und alles, was Ärzte sonst mit einem machten. Herr Knorz trug ihn ins Wohnzimmer, schloss die Terrassentür (er kannte wirklich jeden Fluchtweg) und setzte ihn auf den Schoß von Frau Knorz.

Was dann kam, war nicht viel besser als Tierarzt: Frau Knorz zog einen Kamm hinter ihrem Rücken hervor, umklammerte Einsteins Läufe mit der anderen Hand und begann ihn von den Ohren bis zur Schwanzspitze zu striegeln.

»Sicher ist sicher«, murmelte sie. »Du bringst uns kein Ungeziefer in den Stall, nicht wahr?«

Es zupfte, rupfte und kratzte und war einfach nur fies! Hoffnungsvoll schielte Einstein zur Wohnzimmertür, doch auch sie war zu, die Knorzens hatten an alles gedacht. Aber wenn sie ihn auch noch in die Badewanne steckten, würde er beißen. Darauf konnten sie sich verlassen!

Herr Knorz griff inzwischen zum Telefon. »Die werden sich noch wundern«, brummte er missmutig, während er eine Nummer ins Telefon tippte. »Sommernachtsfest … das dürfen wir denen nicht durchgehen lassen.«

Frau Knorz nickte und bekräftigte: »Am Ende feiern sie dann jede Samstagnacht irgendwas anderes.«

Einstein hörte es tuten, dann hob jemand ab. »Guten Tag, hier ist das Rathaus«, säuselte es aus dem Hörer. Seine Hasenohren waren wirklich genial, sie fingen jedes Geräusch auf.

Herr Knorz räusperte sich: »Hier ist Robert Knorz. Ich muss den Bürgermeister sprechen …«

Was Einstein dann mithörte, machte ihm zuerst Angst, dann wurde er wütend. Das Sommernachtsfest verbieten? Das durften die nicht machen! Einstein fauchte und fletschte die Zähne, so gut das ein Feldhase konnte. Er spannte seine Muskeln an und kratzte und trat mit seinen kräftigen

Läufen, um von Frau Knorz' Schoß zu springen. Er musste Direktorin Bockelmann und die anderen warnen. Die Kaninchenzüchter durften mit ihrem Plan nicht durchkommen.

»Du bist ja ein richtiger Wirbelwind«, gluckste Frau Knorz. Im Nu nahmen ihre flinken Hände ihn in den Schwitzkasten und sie brachte ihn in den Stall zurück.

Trübsinnig starrte Einstein auf die Stalltür. Tiersein war eigentlich echt cool, doch gegen die Menschen mit ihren Türschlössern und Zäunen war man machtlos.

Melusine hatte hinter der Gardine alles mitbekommen. Jetzt steckte sie in einer Zwickmühle. Der Feldhasenwandler war ganz sicher nicht freiwillig hier. Sie musste Tove Olsson sofort davon erzählen. Doch ein paar Rüssellängen entfernt auf dem Kamin wartete das Schönste auf sie, was sie sich vorstellen konnte: die Glitzerpokale der Kaninchenzüchter. Melusine wollte nur noch einen klitzekleinen Moment bleiben und dann zu Tove Olsson gehen. Versprochen!

Direktorin Bockelmann staunte über den Aufmarsch in ihrem Büro. Tove Olsson drängte sich mit seiner gesamten Tierwandler-Klasse vor ihrem Schreibtisch und alle wollten gleichzeitig erzählen. Frau Bockelmann verstand bloß Bruchteile wie »… schon überall gesucht … keine Spur … Handy … auch nicht zu Hause … Feldhasengestalt … armer Einstein …«

Als sie sich schließlich zusammenreimen konnte, was passiert war, wurde sie blass … ein vermisster Schüler. Sie griff nach dem bunten Bällchen auf ihrem Schreibtisch. Am liebsten hätte sie sich verwandelt und es mit ihren flinken Katzenpfoten durchs Zimmer geflippt. Das beruhigte sie immer.

»Ich muss Einsteins Vater informieren«, sagte sie matt. »Oder die Polizei.«

»Und was sollen wir denen sagen?«, brauste Oskar auf. »Entschuldigung, wir suchen einen Jungen oder einen Hasen. Das wissen wir nicht so genau.«

Ein paar kicherten, weil das vor Direktorin Bockelmann ganz schön frech war.

»Einstein hat noch Probleme mit seiner Rückverwandlung«, erklärte Herr Olsson. »Vielleicht läuft er bloß irgendwo als Feldhase rum.«

Direktorin Bockelmann seufzte, Oskar hatte recht. »Als Feldhase findet ihn die Polizei nie«, bestätigte sie, »und sein Vater denkt, wir sind verrückt geworden.«

»Jetzt sind wir Tierwandler gefragt«, sagte Josh stolz und trommelte sich mit den Fäusten auf die Brust.

»Wie lange ist Einstein schon verschwunden?«, fragte Frau Bockelmann mit besorgtem Blick.

»Ich hab ihn gestern Nacht zuletzt gesehen«, gab Finn kleinlaut zu. »Wir haben uns am Rathausplatz verabschiedet, aber da war er in seiner Menschengestalt.«

»Vielleicht hat er sich heute früh auf dem Schulweg aus Versehen verwandelt«, überlegte Merle.

»... und als Feldhase hat er sich nicht in die Schule getraut«, ergänzte Cleo.

»Vielleicht wurde er auch entführt«, jammerte Suri und fröstelte bei der Vorstellung.

»Dann ist hier mal was los!«, sagte Luzie unbeeindruckt.

Loris riss die Augen auf, wie ein Kaninchen, wenn es vor einer Schlange hockte. »Wie gruselig«, jammerte er.

»Entführt werden nur Kinder von berühmten Leuten«, wusste der coole Karim. Aber im Moment wirkte er gar nicht cool.

»Einsteins Vater ist ... doch gar nicht berühmt«, stammelte Lily-Finja und knipste nervös ihre Pferdehaarspangen auf und zu. »Oder?«

»Krasser Blödsinn«, stellte Josh klar und sah Luzie böse an. »Einstein ist nicht entführt! Klar?«

Alle stimmten zu, denn an so etwas wollte niemand glauben.

»Die Entführer würden dumm gucken, wenn sie statt einem Jungen plötzlich einen Feldhasen vor sich hätten«, schmunzelte Herr Olsson und zwinkerte seinen Schülern aufmunternd zu. »Mit seiner Schnelligkeit wäre er im Nullkommanichts ausgebüxt.«

Alle lachten erleichtert. Einstein wäre ganz sicher so schlau, sich in diesem Fall in einen Feldhasen zu verwandeln. Die dritte Tierwandler-Regel lautete zwar: *Verwandle dich nie vor den Augen von Menschen!* Aber die vierte Regel war: … *außer dein Leben oder das von anderen ist in Gefahr!* Und bei einer Entführung galt eindeutig Regel vier.

»Trotzdem, ich muss Einsteins Vater Bescheid geben«, entschied Direktorin Bockelmann. »Bis Herr Kimmel hier eintrifft, habt ihr noch Zeit, Einstein zu finden.«

»Gut, kurze Lagebesprechung, Leute!« Herr Olsson klatschte, um alle zusammenzutrommeln. Doch in Direktorin Bockelmanns Büro war es so eng, dass sie sowieso dicht nebeneinander standen. »Merle, Finn und ich suchen in unserer Tiergestalt und versuchen, Einsteins Witterung aufzunehmen«, erklärte Herr Olsson. »Die anderen nutzen ihre Augen und durchforschen hier alles noch mal von oben bis unten.«

»Herr Olsson!«, meldete sich Wilhelmine zu Wort. »Ich kann auch in meiner Tiergestalt mithelfen.«

Erstaunt starrten alle Wilhelmine an. Warum hatte sie das nicht schon früher gesagt? Eine Verwandlung war die Sensation!

»Ich wette, du bist ein Schlaufuchs«, zog Finn sie auf. »Bei deinem IQ.«

»Ha, ha«, äffte Wilhelmine. Dann schloss sie die Augen und konzentrierte sich. Gestern Nacht hatte sie sich ausgiebig im Spiegel bestaunt. In Gedanken sah sie sich in ihrer Tiergestalt vor sich: gelocktes apricot-weiß-geflecktes Fell, große langhaarige Schlappohren, eine schmale Schnauze mit scharfen Zähnen, vier elegante Beine, die Pfoten mit Krallen, einen langen Rücken und ein wuscheliger Schwanz, der ständig in Bewegung war.

Jetzt vor den anderen war es viel schwerer, sich zu verwandeln als letzte Nacht. Sie brauchte mehrere Anläufe, bis sie endlich das Kribbeln hinter den Ohren und schließlich überall auf der Haut spürte. Sie kniete sich auf den Boden und verwandelte sich.

Ein andächtiges Staunen ging durch Direktorin Bockelmanns Büro. Wilhelmine öffnete die Augen und sah die anderen über ihre lange Schnauze hinweg an. »Fertig … woff«, sagte sie und wedelte verlegen mit dem Schwanz.

Es fühlte sich komisch an, so gemustert zu werden. »Woff … woff«, klang es heiser aus ihrem Maul.

Merle strich sanft über Wilhelmines weiches Fell. Ihre Freundin war ein Hund! Ein ziemlich großer Hund, Wilhelmine reichte ihr bis zur Hüfte. Hatte sie also doch recht gehabt – der Dackel war ein Vorzeichen gewesen.

»Beim Geweih meines Urgroßvaters, du bist ein Pudel … sogar ein Königspudel!«, schmetterte Herr Olsson begeistert durch das kleine Büro. Pudel waren intelligente freundliche Tiere, das passte perfekt zu seiner cleveren Schülerin. Außerdem hatten Pudel einen ausgeprägten Geruchssinn.

»Sehr schön, jetzt haben wir eine Spürnase mehr«, freute sich auch Direktorin Bockelmann. »Ich glaube, jetzt ist der richtige Moment für einen Tierwandler-Schlachtruf …« Sie nickte Tove Olsson zu und begann:

»Klettern, springen, tauchen, fliegen …«

Herr Olsson grinste und setzte ein:

»… keiner kann uns zähmen oder kriegen!«

Merle strahlte Wilhelmine an, die aufgeregt wuffte. Wie cool, es gab nicht nur den Tierwandler-Schwur, sondern auch einen Schlachtruf!

Und dann wiederholten alle zusammen laut schallend:

»Keiner kann uns zähmen oder kriegen!«

Denn es war beschlossene Sache: Sie würden Einstein finden. Auf seine Freunde konnte er sich verlassen.

Danach machten sich die Tierwandler auf die Suche und Direktorin Bockelmann griff zum Telefon. Niemand ahnte, dass Einstein ganz in ihrer Nähe war.

Eine heiße Spur

Einsteins Vater hatte im Hotel alle Hände voll zu tun. Am Nachmittag sollte ein ganzer Bus mit Touristen ankommen. Bis dahin musste das Hotel vor Sauberkeit blitzen und blinken.

Da klingelte sein Handy. »Rufus Schule«, stand auf dem Display. Er seufzte. Was hatte der Junge angestellt? Hatte er seine Hausaufgaben nicht gemacht? Oder ging es um seine Mathekenntnisse? Er tippte auf die grüne Taste und sagte: »Volker Kimmel.«

»Hier ist Direktorin Bockelmann«, klang es aus dem Telefon. »Ich möchte mit Ihnen über Rufus sprechen.«

»Was gibt es denn?«, fragte Herr Kimmel. Währenddessen winkte er einer Angestellten, dass sie sich mit dem Bettenmachen beeilen sollte.

»Ähm, geht es Rufus gut?«, fragte die Direktorin.

»Warum sollte es ihm nicht gut gehen?«, antwortete Herr Kimmel.

»Ist er vielleicht krank?«, fragte die Direktorin weiter.

»Nicht, dass ich wüsste.« Er dachte nach. »Nein, sonst hätte er mich angerufen.«

»Herr Kimmel, bitte kommen Sie doch sofort in mein Büro«, forderte Direktorin Bockelmann. »Wir besprechen alles hier.« Dann tutete es, sie hatte aufgelegt.

Herr Kimmel sah auf die Uhr. Noch eine Stunde, bis die Touristen kamen. Bestimmt ging es in der Schule schnell, er wäre rechtzeitig zurück.

Inzwischen waren die Tierwandler, die sich noch nicht verwandeln konnten, schon ausgeschwärmt. Finn, Merle und Wilhelmine bekamen letzte Anweisungen von Herrn Olsson.

Er selbst wollte sich das Wäldchen hinter der Schule vornehmen. Dort fiel er am wenigsten auf. Ein ausgewachsener Elchbulle mitten in einer Wohnsiedlung würde für ziemliche Aufregung sorgen. Besorgte Anwohner würden die Polizei, die Feuerwehr oder den Zoo anrufen. Das gäbe einen Auflauf, danach wären Einsteins Spuren sicher verwischt.

Herr Olsson sah sich nach Melusine um. Sie wäre ihm jetzt eine große Hilfe. Wo zum Teufel steckte sie? Doch jetzt konnte er nicht auch noch das Zwergschwein suchen.

»Viel Erfolg«, wünschte er Merle, Wilhelmine und Finn. »Wir treffen uns in dreißig Minuten wieder am Bauwagen zum Lagebericht.«

Merle spreizte die Flügel und erhob sich in die Luft, dort hatte sie die beste Übersicht. Diesmal wollte sie das Suchgebiet rund um die Schule erweitern. Als Eule konnte sie auf dem Boden nicht viel ausrichten.

Finn checkte alle Garagen, Mülltonnenhäuschen und Keller der Nachbarschaft. Oft verschwanden Haustiere tagelang, dabei waren sie bloß unbemerkt irgendwo hineingeschlüpft und versehentlich eingesperrt worden. Für ihn als Wiesel war das kein Problem, er kam durch die engsten Ritzen, Spalten und Lüftungsrohre.

Wilhelmine trabte zum Rathausplatz. Finn hatte Einstein dort zuletzt gesehen. Sie hielt ihre braune Pudelnase dicht über dem Boden und schnüffelte die Gegend rund um den Brunnen ab.

Nicht lange, da hatte sie Einsteins Spur gefunden! Ganz schwach unter allen anderen Gerüchen versteckt, doch für sie kein Problem. Hunde hatten zweihundert Millionen Geruchszellen in ihrer Nase. Sie konnten vierzigmal besser riechen als Menschen. Manche Hunde arbeiteten sogar als Drogen- und Sprengstoffspürhunde. Das wusste sie noch aus der Kinder-Ferien-Uni. Wilhelmine nahm Einsteins Witterung auf und lief los.

Seltsam, die Fährte führte genau den Weg zurück, den sie eben gekommen war: zur Schule. War Einstein gestern Nacht wirklich noch mal dort gewesen? Aber warum? Wilhelmine überprüfte den Weg ein Stück weiter links – nichts. Dann ein Stück weiter rechts – nichts. Es stimmte, die Spur führte direkt zur Bärenfeldschule.

Wie eine rote Linie konnte Wilhelmine Einsteins Spur mit der Nase verfolgen: die Waldhornstraße hinauf, dann links die Schulstraße entlang, auf das Schultor zu … doch zwanzig Meter davor verlor sie die Spur plötzlich.

Wilhelmine lief ein Stück zurück, fand die Witterung wieder und folgte ihr. Erneut verschwand Einsteins Geruch plötzlich an derselben Stelle. Sie hob die Schnauze, um sich kurz auszuruhen. Wer hätte gedacht, dass Schnüffeln so anstrengend war? Aber sie war ja erst seit gestern Hund und musste ihre Ausdauer noch trainieren.

Trotzdem, die Spur hörte ganz sicher hier auf. Direkt vor Nummer 3, dem Haus der Kaninchenzüchter, als hätte sich Einstein in Luft aufgelöst. Oder als wäre er wie ein Vogel davongeflogen. (Wilhelmine ahnte nicht, dass sie damit beinahe richtiglag.)

Da sah sie einen braunen Fellblitz auf vier kurzen Beinen auf sich zurennen. Freudig bellend und in einem irren Tempo kam der Dackel, der sie die letzten Tage belagert hatte, die Schulstraße entlang. Offenbar konnte er nicht mehr rechtzeitig bremsen und schlitterte unter Wilhelmines langen Beinen hindurch. Er rappelte sich auf, machte kehrt und flitzte mit wehenden Ohren zurück zu ihr.

»Wau-wau … wau-wau … wau-wau …«, bellte er auffordernd und begann mit seinen kurzen Pfoten am Gartentor der Kaninchenzüchter zu kratzen. Wilhelmine hatte keine Ahnung, was er dort wollte.

Im nächsten Moment flitzte ein haselnussbraunes Wiesel aus dem Garten gegenüber. Finn hatte eben die letzte Garage auf seiner Erkundungstour untersucht. Aus der Luft erklang ein Schuhu von Merle, die im Landeanflug war.

Und dann entdeckten die drei, was der Dackel die ganze Zeit mitteilen wollte: Hinter dem Zaun schwebte Einstein – von Frau Knorz in den Schwitzkasten genommen – in seiner Feldhasengestalt vorbei.

Sie waren sich zuerst nicht sicher, ob es wirklich Einstein war. Dann wehte ihnen der Wind seine Witterung in die Nase.

»Wir haben ihn«, wuffte Wilhelmine erleichtert.

Doch bevor sie etwas unternehmen konnten, steckte Frau Knorz Einstein kurzerhand in den Kaninchenstall und schloss die Tür. Herr Knorz drehte den Schlüssel im Schloss herum und schob ihn tief in seine Hosentasche.

Direktorin Bockelmann begrüßte Einsteins Vater in ihrem Büro. »Herr Kimmel, vielen Dank, dass Sie so schnell kommen konnten …«

»Selbstverständlich … wissen Sie, der Apfel fällt nicht weit vom Stamm«, erklärte Einsteins Vater entschuldigend. »Mir ist Schule früher auch schwergefallen.«

»Möchten Sie Tee? Kekse?«, fragte Direktorin Bockelmann. Sie wollte ihm so schonend wie möglich beibringen, dass sein Sohn vermutlich verschwunden war.

»Nein, danke«, erwiderte Einsteins Vater höflich. »also

ich war immer in Sport besser als in den anderen Fächern.«

»Ihr Sohn ist ein netter Junge«, druckste Direktorin Bockelmann herum. »Er gibt sich viel Mühe und seine Unterrichtsbeiträge sind sehr … äh, interessant.«

»Das höre ich gern«, sagte Herr Kimmel und spähte auf die Uhr. Noch fünfundvierzig Minuten bis die Touristen kamen. »Wegen seiner Mathefähigkeiten …«

»Haben Sie seit unserem Telefonat vorhin mit ihm gesprochen?«, fragte Frau Bockelmann hoffnungsvoll.

»Ich hab ihn aus dem Auto angerufen, aber er geht nicht ans Handy«, erklärte Herr Kimmel. »Bestimmt lernt er für den Mathetest.«

Direktorin Bockelmann lächelte gequält. In ihr war der letzte Rest Hoffnung geschmolzen, dass Tove Olsson und seine Tierwandler Einstein noch fanden. Sie konnte es nicht länger hinauszögern, sie musste es Herrn Kimmel jetzt sagen. »Um auf Rufus zurückzukommen …«, setzte sie an, da rumste etwas gegen die Fensterscheibe.

Direktorin Bockelmann und Herr Kimmel fuhren herum. Auf dem Fenstersims saß Merle in ihrer Eulengestalt und flatterte mit den Flügeln, um das Gleichgewicht zu halten.

»Was zur Hölle …«, stammelte Herr Kimmel und rieb

sich die Augen. »Sehen Sie die …« Er traute sich nicht, das Wort *Eule* auszusprechen. Am Ende dachte die Direktorin, er wäre betrunken oder er hätte sie nicht mehr alle.

»Oh, das ist unsere Schuleule!«, beschwichtigte Direktorin Bockelmann ihn. »Sie ist zahm und fängt die Mäuse auf dem Dachboden.« Sie musste schmunzeln, denn es war fast die Wahrheit.

Merle klopfte mit dem Schnabel gegen die Scheibe und schlug aufgeregt mit den Flügeln. Hatten die Tierwandler etwas über Einstein herausgefunden? Als Frau Bockelmann in der Kastanie vor dem Büro ein wild winkendes

Wiesel entdeckte und im Schulhof ein Hund bellte, eilte sie zum Fenster und öffnete es.

»Wir haben ihn«, flüsterte Merle kaum hörbar. In der Aufregung vergaß sie, dass Herr Kimmel sie sowieso nicht verstehen konnte. »Einstein ist drüben bei den Kaninchenzüchtern.«

»Was macht er da?«, flüsterte Frau Bockelmann. Denn in ihrer Menschengestalt verstand Herr Kimmel sie natürlich schon.

»Er ist in seiner Tiergestalt«, erklärte Merle. »... sie halten ihn im Kaninchenstall gefangen.«

»Ja, du bist eine Gute«, lobte Frau Bockelmann laut und steckte Merle einen Keks zu, damit Herr Kimmel keinen Verdacht schöpfte. »Du hast die Maus verjagt.«

Direktorin Bockelmann war erleichtert, sogar sehr erleichtert. Die Tierwandler hatten Einstein gefunden und es ging ihm gut. Das war das Wichtigste, der Rest war ein Klacks. Sie musste nur noch seinen Vater wieder loswerden.

»Wir befreien ihn«, sagte Merle. »Herr Olsson und die anderen Tierwandler wissen schon Bescheid.« Dann schwang sie sich in die Luft in Richtung Bauwagen.

»Viel Glück«, flüsterte Frau Bockelmann und sah ihr nach. Sie war mächtig stolz auf ihre Tierwandler.

Herr Kimmel guckte auf die Uhr. Noch dreißig Minuten, bis die Touristen kamen. »Sie wollten doch mit mir über Rufus reden«, drängte er.

Direktorin Bockelmann schloss das Fenster und kam zurück zum Schreibtisch. Eine Fliege summte frech an ihrer Nase vorbei. Es juckte sie, ihr auf Samtpfoten hinterherzujagen … sssst … jetzt saß sie auf der Fensterscheibe.

»Rufus geht's gut …«, versicherte Direktorin Bockelmann, ohne die Fliege aus den Augen zu lassen. »Er ist gleich hier in der Nähe …« Frau Bockelmann erstarrte. Es war ihr einfach herausgerutscht. Sie war so froh, dass Einstein gefunden war, und die Fliege hatte sie völlig durcheinandergebracht.

»Er ist in der Schule?«, fragte Herr Kimmel verwundert. »Jetzt, am Nachmittag.«

»Äh … er ist in einer Lerngruppe«, erwiderte Frau Bockelmann erleichtert über die gute Ausrede. »Ein fleißiger Junge, nicht wahr?«

»Kann ich ihn mit nach Hause nehmen?«, fragte Herr Kimmel.

»Nein!«, sagte Direktorin Bockelmann scharf.

Herr Kimmel zuckte zusammen. »Darf ich ihm wenigstens kurz Hallo sagen?«

Direktorin Bockelmann lächelte, um es wiedergutzumachen. »Die Lerngruppe darf nicht gestört werden. Das würde sich nachteilig auswirken«, behauptete sie ernst. »Es könnte sogar sein, dass dann alles Gelernte aus Rufus' Kopf gelöscht würde.«

»Tatsächlich?«, hauchte Herr Kimmel beeindruckt. Die Direktorin war vom Fach, sie musste es wissen. »Tja, dann geh ich jetzt wohl lieber.«

Direktorin Bockelmann nickte. »Wunderbar, dass Einstein so einen verständnisvollen Vater hat.« Sie schüttelte seine Hand und schob ihn aus der Bürotür.

»... Einstein?«, fragte Herr Kimmel und dreht sich noch mal um. Doch die Direktorin war nicht mehr da. Nur eine grau-weiß getigerte Katze saß auf ihrem Schreibtisch und fixierte etwas an der Fensterscheibe. Das musste Tiffy sein, Rufus hatte in letzter Zeit öfter von der Schulkatze erzählt.

Auf dem Weg zum Auto wunderte er sich, warum die Direktorin ihn eigentlich in ihr Büro gerufen hatte. Er kam nicht drauf. Doch jetzt musste er dringend zurück ins Hotel.

Finns Oma kommt ins Spiel

»Wir holen Einstein da raus!«, tönte Cleo gerade, als Merle, Finn und Wilhelmine am Bauwagen ankamen. Herr Olsson und die anderen Tierwandler waren schon dabei, Einsteins Befreiung zu planen. Auch der Dackel wuselte aufgeregt herum. Er hielt sich dicht an Wilhelmine und guckte sie immer wieder verliebt aus großen dunklen Augen an.

»Direktorin Bockelmann kümmert sich grade um Einsteins Vater«, berichtete Merle, legte ihre Flügel an und verwandelte sich zurück. »Sie sind in ihrem Büro.«

»Gemeine Entführer!«, schimpfte Oskar und guckte finster zum Gartenzaun des Ehepaars Knorz.

»Her mit unserem Feldhasen!«, rief Karim aufgebracht und hatte vor Wut einen roten Kopf.

Luzie schnaubte. »Wenn die Lösegeld wollen, kriegen sie es mit unserem Anwalt zu tun.« Sie meinte das hundertprozentig ernst, schließlich war ihr Vater Anwalt.

Merle grinste, mit der Zeit würde Luzie noch richtig nett werden.

»Bestimmt haben Frau und Herr Knorz Einstein nur gefunden«, versuchte Herr Olsson alle zu beruhigen. »Sie wollen ihn bloß aufpäppeln und lassen ihn dann wieder frei.«

»So lange können wir nicht warten«, protestierte Lily-Finja.

»Wir brauchen einen Plan«, drängte Merle. »Und zwar schnell, bevor Einsteins Vater seinen Sohn vermisst.«

»… und bevor sich Einstein wegen irgendeinem dummen Zufall vor den Kaninchenzüchtern verwandelt«, seufzte Finn und sein Magen krampfte sich zusammen.

»Wir stürmen den Garten der Kaninchenzüchter und holen ihn da raus«, schlug Josh vor. »Zack-bumm, fertig!« Kampfbereit schlug er die Fäuste gegeneinander.

»Gewalt ist keine Lösung«, kam es schüchtern von Loris. »Sagt meine Mama immer.«

»Und was schlägst du dann vor?«, fragte Josh beleidigt zurück. »Wir können doch nicht einfach klingeln und sagen: *Guten Tag, wären Sie so freundlich und geben unseren Feldhasen zurück?*«

»Sie wollen bestimmt einen Beweis, dass es unser Feldhase ist«, sagte Merle düster.

»Meine Goldhamster haben einen Impfpass«, erklärte Luzie. »Damit könnte ich beweisen, dass Cinderella und Rapunzel mir gehören.«

»Ich glaube nicht, dass Einsteins Impfpass vom Kinderarzt hier hilfreich ist«, schmunzelte Herr Olsson. »Wir brauchen irgendeine List.«

»Was, wenn wir versprechen, dass wir nie mehr während der Pausen Lärm machen?«, schlug Loris vor. Was wirklich lieb von ihm war, aber das Ehepaar Knorz garantiert nicht glauben würde. Außerdem kam die Idee bei den anderen nicht gut an.

»Toll, Flüsterpause«, witzelte Josh und verzog leidend das Gesicht. »Wie soll ich mich leise erholen?«

»Wir müssen irgendwie an den Stallschlüssel kommen«, murmelte Merle.

»Genau, dann holen wir Einstein da raus«, johlte Karim und klatschte sich mit Josh ab.

»Das ist nicht so einfach«, bremste Merle die beiden. »Aus der Luft hab ich gesehen, wie Herr Knorz den Schlüssel tief in seine Hosentasche gesteckt hat.«

Plötzlich rief jemand: »Wir verwandeln uns und kämpfen bis aufs Blut, bis die Kaninchenzüchter Einstein rausrücken …«

»Das will ich nicht gehört haben«, warf Herr Olsson

dazwischen. »Ein Tierwandler verwandelt sich nie, um andere zu erschrecken, zu bedrohen oder ihnen zu schaden. Sechste unumstößliche Tierwandler-Regel, Leute.«

Betroffen nickten alle.

Doch schon kurze Zeit später redeten wieder alle auf einmal: »Wir tricksen die Kaninchenzüchter aus … wir warten, bis sie wegfahren … willst du bei ihnen einbrechen? … Wir klauen ja nix … wir befreien nur Einstein … das ist unser Recht …«

Dem Dackel wurde es scheinbar zu langweilig. Er wälzte sich auf dem Boden. Er jagte seinen Schwanz. Er sprang fiepend an Wilhelmine hoch und leckte ihre Hand.

Wilhelmine stöhnte genervt. »Wenn wir das hinter uns haben, müssen wir ein schönes Zuhause für den Dackel finden.«

»Sieht so aus, als ob er sich schon dich ausgesucht hat«, grinste Merle.

»Geht nicht, meine Mutter hat eine Hundeallergie«, wehrte Wilhelmine ab. »Außerdem reichen mir meine beiden Brüder, die dauernd an mir hängen. Dann habe ich überhaupt keine Zeit mehr für meine Erfindungen.«

Als der Dackel wie ein Zirkushündchen auf zwei Beinen

umherhopste, brachte er Wilhelmine auf eine Idee. »Ich weiß, wie wir's machen!« Wilhelmine sah geheimnisvoll in die Runde. »Die Knorzens machen uns die Tür freiwillig auf … wir brauchen nur einen kleinen Tierwandler-Trick.«

Nachdem Wilhelmine ihren Plan erklärt hatte, waren alle begeistert. Er war einfach genial und hörte sich außerdem nach einer Menge Tierwandler-Spaß an. Auch Herr Olsson war einverstanden und lächelte vergnügt über den Einfall seiner Pudelwandlerin.

»Wir brauchen nur einen Erwachsenen, der uns hilft«, meinte Wilhelmine, woraufhin alle Herrn Olsson auffordernd ansahen.

»Ich?«, fragte Herr Olsson erschrocken. »Ich glaub, das ist keine gute Idee.« Er schüttelte den Kopf. »Frau und Herr Knorz kennen mich von damals, als Melusine ihre Kaninchen aufgemischt hat.«

Was stimmte. Und für den Plan brauchten sie jemanden, den die Kaninchenzüchter nicht kannten.

»Direktorin Bockelmann geht auch nicht«, überlegte Oskar. Die Kaninchenzüchter hatten sich bei ihr oft genug über den Pausenlärm beschwert.

Aber wer kam sonst noch infrage? Es musste ein Er-

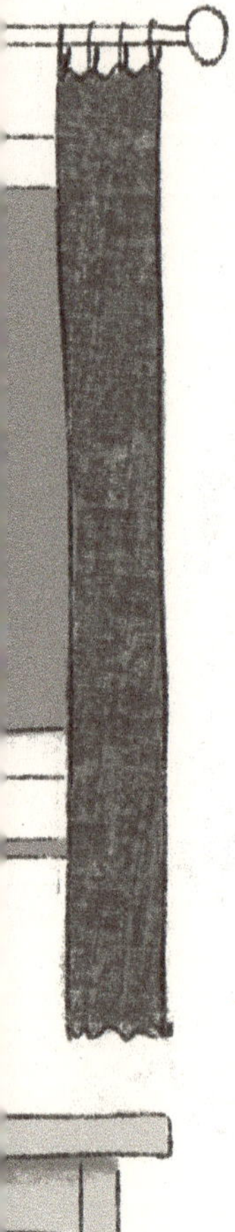

wachsener sein, dem sie vertrauen konnten. Einer, der über die Tierwandlersache Bescheid wusste. Einer, den die Knorzens noch nicht kannten.

»Meine Oma«, verkündete Finn strahlend. »Sie ist perfekt dafür.«

»Deine Oma weiß Bescheid?«, fragte Josh fassungslos.

Auch den anderen klappte fast die Kinnlade runter.

Finn nickte. »Klar, sie ist auch eine Tierwandlerin. Aber das erzähl ich euch später mal, wir müssen los!«

»Na, so eine Überraschung«, staunte Finns Oma, als Finn mit der ganzen Tierwandler-Klasse, Herrn Olsson und einem Dackel in der Hechtseestraße 22 auftauchte. Die beiden Hühner rasten vor Aufregung wild gackernd durchs Haus. Jocko, der Papagei, brachte sich auf der Gardinenstange in Sicherheit. Die Schwarznasenschafe meckerten draußen im Auslauf.

»Hallo Rosina«, begrüßte Herr Olsson Finns Oma.

Finn wusste, dass sich die beiden von früher kannten. Seine Oma hatte Herrn Olsson mal einen Jäger vom Leib gehalten. Was echt cool von ihr war.

»Oma, wir brauchen deine Hilfe«, drängte Finn. Zusammen mit Wilhelmine erklärte er den Plan im Schnelldurchlauf.

»Du musst nur so tun, als wärst du vom Zirkus«, fasste Finn am Schluss zusammen. »... und die Kaninchenzüchter ablenken.«

Wilhelmine nickte. »Den Rest machen wir.«

Finns Oma war sofort Feuer und Flamme. »Für so einen Spaß bin ich immer zu haben«, kicherte sie. »Ein Wanderzirkus auf Spendensammlung ... ihr seid mir ein paar schöne Früchtchen.«

»Ein paar schöne Tierwandler«, verbesserte Merle sie lachend.

Finns Oma überlegte kurz, ob sie auch die drei Schwarznasenschafe mitnehmen sollten. Doch das wäre übertrieben, entschied sie dann. Am Ende würden die Armen draußen vor Schreck davonlaufen und das nächste Chaos anrichten.

»Dann mal los«, meinte Herr Olsson und verwandelte sich. Was als Elchwandler mitten in der Küche vielleicht keine so gute Idee war. Denn sein breites pelziges Hinterteil rumste gegen den Schrank, dass die Gläser klirrten wie bei einem mittleren Erdbeben.

Als sich auch Finn, Merle und Wilhelmine verwandelt hatten, reckte Josh die Faust in die Luft und brüllte:

»Klettern, springen, tauchen, fliegen …«

Alle erkannten sofort den Schlachtruf. Sie legten feierlich Hände, Pfoten, Flügel und eine samtige Elchschnauze aufeinander und antworteten:

»… keiner kann uns zähmen oder kriegen!«

Dann machten sich ein Wiesel, eine Eule, ein Königspudel, ein Dackel, ein Elch und Finns Oma auf den Weg. (Nur Herr Olsson musste sich noch mal kurz verwandeln, denn in seiner Elchgestalt passte er beim besten Willen nicht durch die Tür.)

Wanderzirkus Sambrelli

Die Leute auf der Straße, in den Gärten und hinter den Fenstern wunderten sich, als sie die Truppe sahen. Eine forsche ältere Frau mit einer Eule auf der Schulter, ein Königspudel, ein Dackel, ein Wiesel und ein Elch zogen durch die Siedlung. In der Schulstraße spazierten sie durch den gepflegten Vorgarten der Kaninchenzüchter Knorz und hielten vor der Haustür.

»Hoffentlich klappt es«, wuffte Wilhelmine und drückte mit ihrer Pudelnase ungeduldig auf die Klingel.

Man hörte das Schrillen im Haus, dann Schritte und schließlich wurde die Tür geöffnet. Herr Knorz stand im Jogginganzug und Badeschlappen vor ihnen. Er öffnete den Mund, doch die Gesellschaft vor ihm machte ihn sprachlos.

»Guten Tag, wir sind vom Wanderzirkus *Sambrelli* und sammeln Geld für unsere Tiere. Natürlich befolgen wir die Richtlinien der artgerechten Tierhaltung und üben alle Kunststücke ohne Gewalt ein.« Ohne sich zu verhaspeln, ratterte Finns Oma ihren Spruch herunter. (Auch wenn sie eigentlich absolut und komplett gegen Tiere im Zirkus war, wie sie auf dem Weg immer wieder versichert hatte.)

Herr Knorz bekam einen roten Kopf und setzte an, die Eindringlinge vor seinem Haus zu vertreiben. »Wir geben nichts«, schnaubte er und wedelte mit der Hand. »Gehen Sie wieder.«

Doch da kannte er Finns Oma schlecht. »Eine kleine Spende tut nicht weh«, beharrte sie lächelnd. »Sie bekommen auch eine Privatvorführung.«

»Robert, ist der Bürgermeister schon da?« Frau Knorz tauchte neben ihrem Mann auf und war mindestens genauso verblüfft über die Truppe wie er.

»Nein, sie sind vom Zirkus«, knurrte Herr Knorz, ohne Finns Oma aus den Augen zu lassen. »Ich hab Ihnen doch gesagt …«, versuchte er es erneut.

Finns Oma ließ ihn nicht ausreden. »… Wilhelmine, unsere Pudelhündin, ist besonders talentiert«, redete sie unbeirrt auf ihn ein. »Sie kann sogar rechnen.«

»Pfff, das ist doch nur ein Trick«, schnaubte Herr Knorz und wollte die Tür schließen.

Doch schon blockierte ein gewaltiger Elchhuf die Tür.

Herr Knorz blickte etwas eingeschüchtert zu Herrn Olssons großem Geweih hinauf.

»Stellen Sie irgendeine Rechenaufgabe«, flötete Finns Oma. »Auch große Zahlen sind kein Problem.«

»Gute Frau, Hunde können nicht rechnen«, lachte Herr Knorz. Doch um endlich Ruhe zu haben, sagte er: »Drei plus zwei.«

Wilhelmine schnaubte verächtlich, das konnten schon Babys. Trotzdem bellte sie fünf Mal. »Woff ... woff ... woff ... woff ... woff!« Schließlich wollten sie Einstein befreien und das gehörte zum Plan.

Frau Knorz lächelte mit schmalen Lippen. »Und dreiundsechzig geteilt durch neun?«, fragte sie hinterhältig.

Wilhelmine verzog die Lefzen zu einem Grinsen und bellte »Woff … woff … woff … woff … woff … woff … woff!« Das Neuner-Einmaleins war ihr Lieblingseinmaleins.

»Zufall«, schnappte Frau Knorz beleidigt und dachte an ihre Kaninchen. Sicher konnten sie das auch.

Währenddessen suchte Finn nach einem Weg, an den Schlüssel in Herrn Knorz' Hosentasche zu kommen. Er konnte kaum unbemerkt sein Bein hinaufklettern, Menschen waren da empfindlich. Als Wiesel hatte Finn immer mal kleine Tierchen im Pelz und merkte es gar nicht. Doch Menschen waren eben anders. Finn begutachtete das Rosengitter rund um die Tür. Herr Knorz stand nur ein paar Zentimeter daneben … so müsste es gehen.

Herr Olsson nickte Finn zu. »Keine leichte Sache«, brummte der Elch. Was für die Kaninchenzüchter nur so aussah, als würde seine große samtene Elchschnauze Grünzeug kauen.

Doch Finn verstand ihn natürlich. »Können Sie die beiden ablenken?«, fragte er.

Herr Olsson zwinkerte Finn zu.

Und schon sah Herr Knorz eine große rosa Elchzunge

auf sich zuschnellen. Der Elch schleckte ihm einmal quer über die Wange, dass es tropfte. Entsetzt verzog Herr Knorz das Gesicht. Der Elch attackierte ihn! Jetzt zupfte er auch noch mit seinem Riesenmaul am Ärmel seines Jogginganzugs herum.

»Was zum Teufel ist mit Ihrem Elch los?«, japste Herr Knorz und versuchte das riesige Tier abzuwehren. »Das ist ja gefährlich …«

Dieses Durcheinander nutzte Finn und kletterte auf geschickten Pfoten das Rosengitter hinauf. Auf halber Höhe sprang er auf Herrn Knorz. Sicher gelandet, krallte er sich am Jackenbund fest und schlüpfte in die Dunkelheit der Hosentasche. Schnell durchstöberte er die Tasche, doch sie war leer. Mist, der Schlüssel musste in der rechten Tasche sein. Eilig hangelte sich Finn am Jackenbund entlang auf die andere Seite.

Herr Olssons Ablenkungsmanöver funktionierte perfekt. Der Kaninchenzüchter bemerkte das Wiesel nicht. Er war nur damit beschäftigt, den Elch abzuwehren.

»Ist unser Tove nicht süß?«, fragte Finns Oma und verkniff sich ein Lachen.

»Süß?«, keuchte Herr Knorz, während seine Frau wie angewurzelt neben ihm stand. »Nehmen Sie Ihren verdammten Elch von mir weg!«

In der rechten Tasche wühlte sich Finn währenddessen an einem Feuerzeug, einem zerknüllten Taschentuch und einem Hustenbonbon vorbei. Es roch schrecklich scharf, nichts für empfindliche Wieselnasen, und jetzt blieb das Hustenbonbon auch noch in seinem Fell kleben. Echt eklig. Außerdem war es heiß und eng in der Tasche. Doch sosehr Finn suchte, auch in der rechten Hosentasche war kein Schlüssel. Er schlüpfte wieder nach draußen und machte einen Hechtsprung auf Wilhelmines Rücken.

»Woff … he, lass das«, schimpfte Wilhelmine und schüttelte sich. »Ich bin doch nicht dein Taxi.«

Finn hatte Mühe, sich mit seinen Krallen in dem lockigen Fell festzuhalten. »Kein Schlüssel«, verkündete er,

denn es gab Dringenderes, als sich jetzt mit Wilhelmine ein Wortgefecht zu liefern. Auch wenn es Spaß machen würde.

»Wie, kein Schlüssel?«, fragte Wilhelmine verblüfft.

»Er muss ihn aus der Tasche genommen haben«, meinte Finn.

Merle nickte. »Verstanden, der Schlüssel muss irgendwo im Haus sein«, sagte sie und schwang sich in die Luft. Es war Zeit für einen Plan B, den sie sich eben erst ausgedacht hatte.

Plan B hatte bloß einen winzigen Haken: Er funktionierte nur, wenn die Terrassentür offen war. Merle flog zur Gartenseite des Hauses. Die Sonne, die sich in den Scheiben spiegelte, blendete sie im ersten Moment.

»Bitte, bitte«, flüsterte Merle und tatsächlich, sie hatte Glück: die Tür war offen. Zwar nur einen Spalt, aber immerhin. Merle flatterte kurz auf der Stelle, maß die Öffnung mit den Augen ab, und steuerte dann ins Wohnzimmer. Sie strich mit einem Flügel gegen die Tür, kam ins Trudeln, fing sich kurz wieder, sackte dann doch ab und kullerte über den Teppichboden.

Drinnen guckte ihr jemand mit erschrockenen Augen

entgegen. Jemand, der nicht zu Plan B gehörte und ganz sicher nicht hier sein sollte: Auf dem Sofatisch stand Melusine.

Merle rappelte sich auf und sortierte ihre zerzausten Flügel. »Was machst du hier?«, fragte sie verblüfft. Bestimmt hatte Herr Olsson nicht die geringste Ahnung davon.

Melusine schwieg und schob unauffällig ihren Vorderhuf auf ein flaches funkelndes Stückchen Metall, das auf dem Tisch lag.

Doch Merle hatte es bemerkt. »Das ist der Stallschlüssel«, stieß sie hervor. »Wo hast du den her?«

»Gefunden«, grunzte Melusine zufrieden. »Alles, was glitzert und blinkt, ist für Melusine bestimmt.«

»Das denkst du!?« Merle legte amüsiert den Kopf schief. »Egal, ich bin froh, dass du den Schlüssel hast.«

»Pfff«, schnaubte Melusine durch ihren Rüssel.

»Leider muss ich ihn mir kurz ausleihen«, sagte Merle und schnappte blitzschnell mit dem Schnabel danach. Was für einen Raubvogel die leichteste Übung war.

Melusine wollte sich gerade auf Merle stürzen (niemals würde sie das schöne Glitzerding kampflos hergeben), da drang Herrn Knorz' Stimme durch die offene Wohnungstür zu ihnen.

»Ah, der Herr Bürgermeister persönlich!« Herr Knorz klang auf einmal ungewohnt höflich. »Bitte gehen Sie doch schon rein und fühlen Sie sich wie zu Hause.«

Merle keuchte. Plan B war drauf und dran, ziemlich schiefzugehen. Jetzt bekamen die Kaninchenzüchter auch noch Besuch. Was hatte der Bürgermeister hier zu suchen?

»Wir sind gleich bei Ihnen«, säuselte Frau Knorz. »Ich koche uns schnell ein Kaffeechen.«

»Bitte keine Umstände, ich hab nur wenig Zeit«, tönte die Stimme des Bürgermeisters. Dann kamen Schritte durch den Flur in Richtung Wohnzimmer.

Melusine sprang sofort vom Sofatisch und flitzte wieder hinter die Gardine. Merle guckte sich hektisch nach einem Versteck um. In der Eile blieb ihr nur der Kaminsims. Sie landete neben den Pokalen, reihte sich ein und spielte Statue. Den Stallschlüssel unter ihren gefiederten Greiffüßen versteckt.

Da tappte der Bürgermeister auch schon ins Wohnzimmer. Leise pfeifend schaute er sich um. Er sah durch die Terrassentür in den Garten, bewunderte die Bilder an der Wand, roch am Rosenstrauß auf dem Tisch. Dann entdeckte er die eindrucksvolle Pokalsammlung und steuerte auf den Kaminsims zu.

Merle traute sich kaum zu atmen.

»Kaninchenzüchterverein Platz 1–1999«, las der Bürgermeister auf den Pokalen. »Platz 1–2000 … Platz 1–2001 … Platz 1–2002 …« Er gähnte gelangweilt, da fiel sein Blick auf Merle. Er beugte sich vor, um sie gründlich zu betrachten.

Sein Atem roch nach Currywurst. Merle durfte jetzt auf keinen Fall blinzeln, damit er nicht merkte, dass sie ein lebendiges Tier war.

»Ein wunderschönes Exemplar«, murmelte er anerkennend und strich vorsichtig über die Federn. »Fast wie lebendig. Alle Achtung, eine hervorragende Arbeit!«

Merles Herz klopfte wild. Der Bürgermeister glaubte, sie wäre ausgestopft. Perfekt! Plötzlich spürte sie ein Kitzeln in der Nase. Bloß nicht niesen, dachte sie angestrengt. Nicht niesen!

Dann hatte der Bürgermeister genug gesehen und machte es sich auf dem Sofa gemütlich. Er fischte sein Handy aus der Jacke und tippte darauf herum, während er auf das Ehepaar Knorz wartete.

Merle beschloss, es zu wagen. Eulen waren lautlose und vor allem pfeilschnelle Jäger, diesen Vorteil wollte sie nutzen. Sie atmete tief ein, stieß sich vom Kaminsims ab und schoss los.

Verwirrt suchte der Bürgermeister nach dem Schatten, den er eben aus den Augenwinkeln gesehen hatte. Doch Merle war schon durch die Terrassentür geflogen, den Stallschlüssel im Schnabel.

Lauf!

Einstein hatte das Gebell vor der Tür gehört. Fünf Mal, sieben Mal und so weiter. Was war da los? Immerhin war es kein angriffslustiges Bellen, so viel verstand er. Auch wenn Herr Olsson ihnen noch keine Tierfremdsprachen beigebracht hatte. Und irgendwie kam ihm der Tonfall bekannt vor, er wusste nur nicht woher.

Während draußen wer weiß was vor sich ging, dösten die Kaninchen um ihn herum unbeeindruckt weiter. Das Bellen hatte sie nicht alarmiert, sie verbrachten schon ihr ganzes Leben in der Sicherheit des Kaninchengeheges. Herr und Frau Knorz hatten den Stall nicht nur absolut ausbruchssicher gemacht, sondern auch einbruchssicher. Ein Hund oder sogar ein Marder, Fuchs oder Dachs käme hier niemals rein.

»Rums!« Auf einmal gab es über ihm ein dumpfes Geräusch an der Stallwand. Blitzartig duckte sich Einstein flach auf den Boden und hielt sich fluchtbereit. Jemand kratzte von außen gegen das Holz. Vorsichtig schielte Einstein nach oben. Vor dem Stallfenster krallte sich flügelschlagend ein großer Raubvogel fest. Aus seinem Schnabel drang kein Laut, er schien irgendwas darin zu tragen.

Einstein drückte sich, so flach es ging, auf den Stallboden. Sein Herz hämmerte wild. Alles in ihm schrie »Lauf!« Seine Muskeln waren sprungbereit, wie kurz vor dem Startschuss beim 50-Meter-Sprint. Als er eben losrennen wollte (vor lauter Panik vermutlich direkt gegen die Stallwand), erkannte er den Raubvogel. Es war Merle. Er atmete auf. Endlich, seine Freunde hatten ihn gefunden!

»Meine Freunde sind da!«, jubelte Einstein den Kaninchen zu. Wie erwartet kümmerte es keins von ihnen. Doch das war Einstein egal. Merle war da und die anderen konnten nicht weit sein.

Einstein kletterte über die gestapelten Käfige zum Fenster hinauf. Jetzt konnte er Merle direkt in ihre gelben Augen sehen. Im Schnabel hielt sie einen Schlüssel.

»Wör höln döch hör rösch«, nuschelte Merle durch das Fenster und dann verschwand sie aus Einsteins Blickfeld.

Einstein hatte kein Wort verstanden, doch er kapierte auch so, was sie meinte. »Ich hab's gewusst«, rief er erleichtert. Schon hörte er das klappernde Geräusch des Schlüssels im Schloss – und die Stalltür sprang auf.

Einstein hoppelte zur Tür und blinzelte ins Tageslicht. Krass, wie hatte Merle das mit dem Schlüssel und dem Schloss ohne Hände hinbekommen? Er sah, wie sie hektisch den Eulenkopf zwischen ihm und dem Hauseingang hin und her drehte. »Beeil dich!«, drängte sie. »Lass uns abhauen!«

Dort im Vorgarten standen Herr Knorz, Finns Oma und eine Menge Tiere: Herr Olsson in seiner Elchgestalt, Finn in seiner Wieselgestalt und sogar ein Pudel. Es musste sein Bellen gewesen sein, das Einstein im Stall gehört hatte. Waren sie etwa alle zu seiner Befreiung gekommen?

»Los, du musst über den Zaun springen!«, rief Merle.

Einsteins Nase begann nervös zu zucken. Der Zaun, der den Garten der Kaninchenzüchter und die Bärenfeldschule trennte, kam ihm furchtbar hoch vor. Konnte er nicht einfach durch das Gartentor …? Nein, keine Chance. Der Kaninchenzüchter würde ihn gleich wieder einbuchten, wenn er ihn erwischte. Einsteins Nase zuckte noch nervöser.

»Mach schon«, feuerte Merle ihn an. »Du schaffst das!«

»Und ob, du bist ein Feldhase!«, wieherte Herr Olsson in einer gewaltigen Lautstärke herüber. »Die springen locker zwei Meter hoch.«

Einstein schluckte, er war noch nie so hoch gesprungen. Im Sportunterricht plumpste er immer kurz nach dem Absprung in die Sandgrube zurück. Außerdem war sein Bauch dick und schwer, weil er den ganzen Vormittag Karotten, Kohl und Heu in sich hineingefuttert hatte.

»Spring endlich … woff!«, bellte nun auch der Pudel, der auf einmal auf der anderen Seite des Zauns über den Pausenhof der Schule galoppierte. Verdutzt starrte Einstein das Tier an. Konnte das sein? … Ja, wirklich, es war Wilhelmine! Einstein erkannte ihre Stimme. Irre, sie war eine Pudelwandlerin und hatte es auch geschafft, sich zu verwandeln!

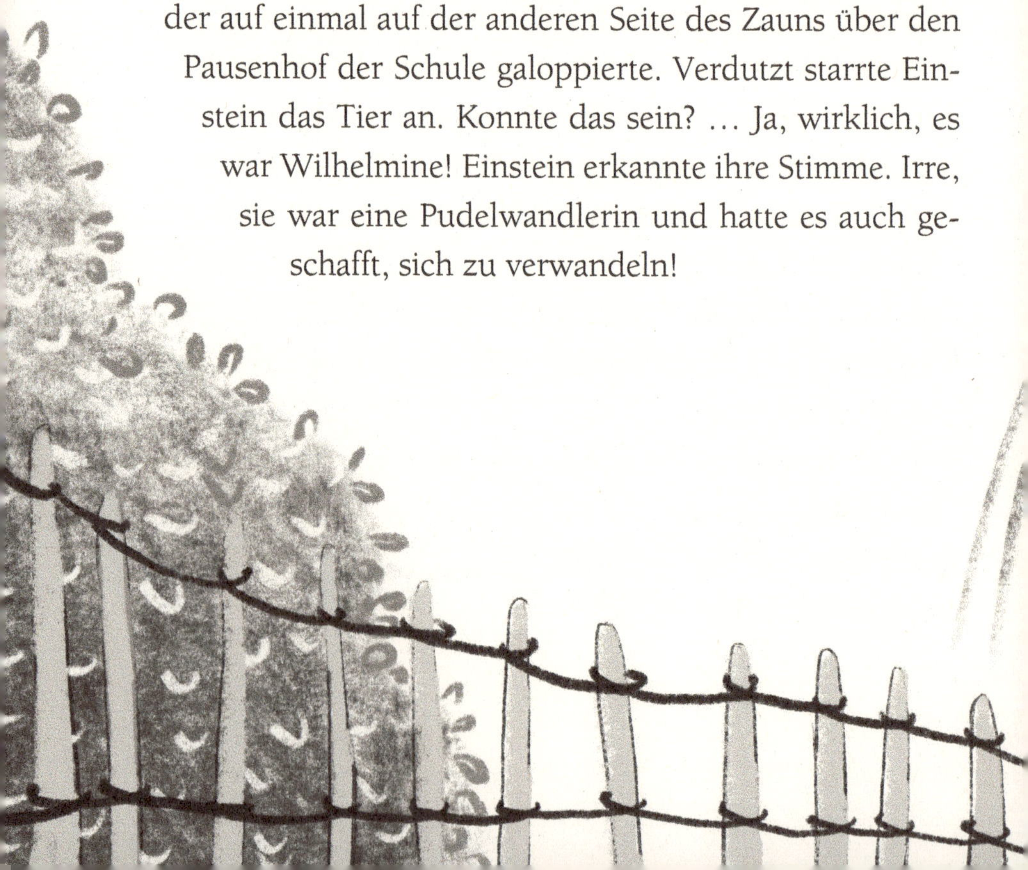

»Spring, sonst kommst du in den Kochtopf!«, wuffte sie.

In den Kochtopf? Das wirkte. Einstein würde ganz sicher kein Sonntagsbraten werden! (Auch wenn die Knorzens das vermutlich sowieso nicht mit ihren Lieblingen machten. Aber sicher war sicher.) Einstein nahm Anlauf und rannte los. Er wurde schneller und schneller. Seine Hinterläufe griffen vor die Vorderläufe, er überholte sich fast selbst, Erde und Grasbüschel spritzten hinter ihm auf. Noch fünf Meter bis zum Zaun … noch drei Meter … ein Meter …

Dann stieß sich Einstein vom Boden ab und seine kräftigen Hinterläufe katapultierten ihn in die Luft. Er flog! Diesmal nicht im Arm von Herrn Knorz, sondern von ganz allein, es war ein unglaubliches Gefühl. Er hörte Merle, Finn, Wilhelmine und Herrn Olsson jubeln. Unter sich sah er den Zaun, den er mühelos überquerte, als wäre er ein Vogel.

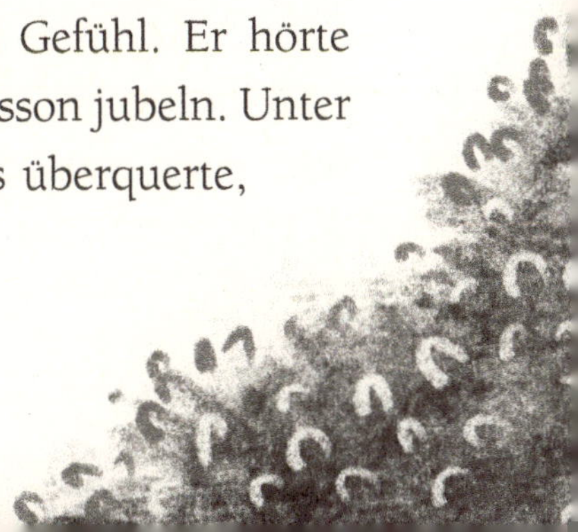

»Was zur Hölle ...!«, rief Herr Knorz, der das ganze Spektakel mit großen Augen beobachtete. »Die spinnen, die Tiere!«

Auch Frau Knorz sah staunend aus dem Küchenfenster. Nur der Bürgermeister auf dem Sofa war so in sein Handy vertieft, dass er nichts von der Rettungsaktion vor der Terrassentür mitkriegte.

Einstein kam auf dem Pausenhof auf, zwar etwas unsanft, doch der Zaun lag hinter ihm. Er beschleunigte und lief um die Fahrradständer, dass der Kies spritzte. Dort ließ er den verdutzten Hausmeister stehen und rannte und schlitterte um die Schule herum, am Schulgarten vorbei und schnurstracks auf den Bauwagen zu. Dort wollte er auf Herrn Olsson und die anderen Tierwandler warten. Sie mussten sofort erfahren, was die Kaninchenzüchter mit dem Bürgermeister planten.

Finns Oma hatte es auf einmal eilig. »Wir gehen dann mal«, verabschiedete sie sich mit ihrem Wanderzirkus *Sambrelli* (wovon inzwischen nur noch ein Elch und ein Wiesel übrig waren).

Sie ließen ein sehr verdattertes Ehepaar Knorz zurück und marschierten schnell um die nächste Ecke, damit sich Herr Olsson und Finn zurückverwandeln konnten.

Dass sich der kleine Dackel längst davongeschlichen hatte, fiel keinem auf. Ihm war plötzlich ein verführerischer Duft in die Nase geweht, den er unbedingt jetzt und sofort verfolgen musste.

Ein Köder für den Bürgermeister

Es dauerte nicht lange, bis sich die Tierwandler am Bauwagen versammelt hatten. Neugierig umringten sie Einstein. Außer ihm waren alle wieder in ihrer Menschengestalt.

»Cooler Sprung, Alter«, sagte Finn beeindruckt. Er hockte sich neben Einstein und klopfte ihm auf die pelzige Flanke.

»... das mit dem Kochtopf tut mir leid«, entschuldigte sich Wilhelmine grinsend. »... aber sonst wärst du nie gesprungen.«

»Sag schon, wie haben dich die Kaninchenzüchter erwischt?«, wollte Merle wissen.

»Waren sie fies zu dir?«, flüsterte Oskar mit leichtem Grusel in der Stimme.

»Lasst ihn erst mal verschnaufen«, mahnte Herr Olsson. »Aber meinst du, du kannst dich verwandeln, bevor dich jemand sieht?«

Doch Einstein hörte nicht zu. »… die Kaninchenzüchter wollen, dass das Sommernachtsfest abgesagt wird!«, platzte er mit seiner Neuigkeit heraus. Er war immer noch atemlos vom Rennen. »Ich hab gehört, wie Herr Knorz mit dem Bürgermeister telefoniert hat.«

Plötzlich war es so still, dass man die Mäuse im Wäldchen hinter dem Bauwagen rascheln hörte.

Dass das Sommernachtsfest abgesagt wird, jetzt kapierte Merle. Deshalb saß der Bürgermeister also im Wohnzimmer der Kaninchenzüchter. Bestimmt besprachen sie gerade, wie sie es anstellen wollten.

Josh legte als Erster los. »Das dürfen die nicht!«, schnaubte er wie ein wütender Stier.

»Das lassen wir uns nicht gefallen!«, posaunte der coole Karim.

»Kinderhasser!«, schimpfte Suri.

»Hauptsache, Einstein ist wieder da«, meinte Herr Olsson. »Das ist das Wichtigste.«

Da ließ Einstein auf einmal den Kopf hängen. »Vielleicht wär's besser, ihr hättet mich erst morgen befreit.«

Alle sahen Einstein entgeistert an.

»Geht's noch?«, beschwerte sich Finn. »Ich hab mein Leben für dich riskiert. Das nächste Mal krabbelst du in die miefige Jogginghose von diesem Typ.«

»Und es ist auch nicht lustig, ein ausgestopftes Tier zu spielen!«, sagte Merle empört. »Hab du mal die Nase des Bürgermeisters so nah vor dir.«

»Ich bin euch ja total dankbar«, murmelte Einstein beschämt. »Aber …«

»Aber was?«, fragte Herr Olsson und legte besorgt den Arm auf Einsteins Schulter. »Was ist los?«

Einstein zuckte mit den Schultern. »Der Mathetest«, erklärte er matt. »Wenn ich nicht mindestens eine Drei schaffe, darf ich bei der Zeltnacht nicht dabei sein.«

»Halb so wild, das kriegen wir auch noch hin«, sagte Herr Olsson mit ruhiger Stimme. »Du brauchst nur ein bisschen Mathenachhilfe.«

»Wie denn, bis morgen?«, fragte Einstein mutlos.

»Ich helfe dir«, meldete sich Wilhelmine zu Wort. »Wir legen sofort los und lernen bis zum Umfallen.«

Einstein lächelte tapfer. Wilhelmine war zwar gut in Mathe, aber ob das bei hoffnungslosen Fällen (wie er einer war) reichte? »Ist sowieso egal«, seufzte er. »Wenn das Sommernachtsfest abgesagt wird, fällt bestimmt auch die Zeltnacht flach.«

Alle sahen Herrn Olsson erschrocken an.

»Hm, schon möglich«, meinte Herr Olsson. Dann zwinkerte er lächelnd. »Aber eins nach dem anderen und Mathe lernen ist immer sinnvoll.«

»Du schaffst das schon«, redete Merle Einstein zu.

Einstein nickte und hoffte, seine Freunde hatten recht.

»Wehe, wenn nicht«, erklärte Wilhelmine. »Zeltnacht ohne dich geht gar nicht. Da hocken wir doch sonst nur bedröppelt vor dem Bauwagen rum.«

»Außerdem bin ich gespannt, was diesmal bei deiner Verwandlung schiefgeht«, stichelte Karim grinsend.

Darüber musste sogar Einstein lachen. Dann sauste er kurz zum Schulgarten, um sich eine Karotte zu schnorren. Ohne was zu knabbern hielten seine Nerven das hier sonst nicht aus.

»Und das mit dem Sommernachtsfest kriegen wir hundertpro hin«, verkündete Finn zuversichtlich.

»Tierwandler kriegen überhaupt alles hin!«, bestätigte Merle aufgedreht. Und um alle anzufeuern, stimmte sie den Schlachtruf an:

»Klettern, springen, tauchen, fliegen ...«

Die anderen antworteten sofort laut schallend:

»... keiner kann uns zähmen oder kriegen!«

Verblüfft guckte Einstein in die Runde.

»Unser Schlachtruf«, erklärte Finn.

Einstein grinste. Ihm gefiel der Schlachtruf. Obendrein war er auch noch leichter zu merken als der Schwur.

»Klare Sache, wir überreden den Bürgermeister einfach!«, tönte Josh entschlossen. »Ich weiß auch schon wie.«

»Ach, ja?«, fragte Lily-Finja. »Weil er ausgerechnet auf dich hört.«

»Wir laden ihn zum Sommernachtsfest ein«, erklärte Josh, als wäre es das Logischste der Welt. »Er bekommt einen Ehrenplatz mit Girlande und Tusch und so.«

»Stimmt, Bürgermeister stehen total auf so was«, erklärte Luzie.

Finn sprang auf. »Ich würd sogar ein Gedicht für ihn lernen!«

Plötzlich waren alle ganz hibbelig.

»Und die Schulband spielt ihm was vor«, tönte Oskar

und seine Hände wirbelten wie mit unsichtbaren Schlagzeugsticks durch die Luft.

»Aber der Bürgermeister wird bestimmt andauernd irgendwo eingeladen und bekommt Geschenke«, meinte Merle, nicht ganz überzeugt.

Doch Josh ließ nicht locker. »Wir müssen ihn ködern«, flüsterte er und bekam Schluckauf vor lauter Aufregung.

Nur, wie köderte man einen Bürgermeister?

»Wenn ich Bürgermeister wäre …«, nuschelte Einstein, während er schon etwas entspannter an seiner Karotte mümmelte. »… also, dann wäre ich stolz, wenn eine Straße nach mir heißen würde.«

»Bürgermeister-Einstein-Straße«, prustete Josh los.

»Ich glaub, dafür muss man erst tot sein«, hauchte Loris.

»Einstein hat Glück«, meinte Wilhelmine grinsend. »Im Gewerbegebiet gibt's schon eine Albert-Einstein-Straße.«

»Straßen benennen darf nur der Bürgermeister«, behauptete Oskar. »Also kann er es auch selber machen.«

»Können wir nicht die Schule nach ihm benennen?«, überlegte Finn halbherzig.

Suri zog die Augenbrauen hoch. »Das erlaubt Direktorin Bockelmann nie«, protestierte sie. »Außerdem find ich Bärenfeldschule schöner.«

»Denkt nach. Was wird außer Straßen und Schulen nach wichtigen Leuten benannt?«, drängte Luzie.

»Planeten«, sagte Wilhelmine.

»Fußballstadien«, meinte Finn.

»Meine Mama hat Heidi-Klum-Rosen«, schwärmte Lily-Finja. »Die duften total gut.«

»Und Essen«, krähte Josh und rieb sich den Bauch. »Prinzregententorte zum Beispiel oder Mozartkugeln.«

»Pizza Margherita!«, schmatzte Einstein mit dem nächsten Karottenhappen in den Backen. »Superlecker!«

»Iieh, Bürgermeisterpizza.« Der coole Karim verzog kichernd den Mund.

»Leute, das ist es!«, verkündete Luzie geheimnisvoll. »Lasst mich mal machen, den Bürgermeister übernehme ich.«

In dem Moment jaulte Einstein auf. Er hockte in seiner Menschengestalt eingeklemmt unter dem Bauwagen und rieb sich den Kopf.

»Was für ein Hasendreck!«, fluchte er, faltete seine Beine auseinander und krabbelte auf Händen und Füßen hervor. Dann gab er breit grinsend ein »Halb so wild!« von sich und zuckte verlegen mit den Schultern. »Hab mich bloß aus Versehen zurückverwandelt und der Platz dafür hat nicht gereicht.«

Herr Olsson hatte alles schmunzelnd verfolgt. Seine Tierwandler waren wirklich eine tolle Bande. Einstein brauchte zwar noch etwas Unterstützung beim Umgang mit seiner Tiergestalt. Aber das würde mit der Zeit schon kommen, dem Jungen fehlte nur ein bisschen Selbstvertrauen.

Am späten Nachmittag kam Melusine wie eine rosa-graugefleckte Rakete auf ihren vier kleinen Hufen zum Bauwagen geflitzt.

»Wo hast du die ganze Zeit gesteckt?«, fragte Herr Olsson.

»Die Plüschkugel-Züchter … haben den … Feldhasenwandler … gefangen«, keuchte sie und rang nach Luft. »… ich wollte ihn befreien … hab rechte Haken verteilt … linke Haken verteilt … doch sie waren in der Überzahl …« Stolz sah sie Herrn Olsson an.

»Du warst bei den Kaninchenzüchtern?«, seufzte Tove Olsson und malte sich in Gedanken schon das Schlimmste aus.

»Ups«, meinte Melusine und ihre rosa Wangen wurden ein bisschen rosiger.

»Darüber reden wir später noch«, meinte Herr Olsson. Jetzt wollte er erst einmal Einsteins Vater anrufen und in seine Sprechstunde bitten.

Erste Stunde Mathetest

Am nächsten Morgen schleppte sich Einstein die Treppe zum Klassenzimmer der 4B hinauf. Jeder Schritt war so anstrengend, als hätte er Blei in den Schuhen. Wilhelmine hatte bis abends mit ihm gelernt. Doch jetzt fühlte er sich, als hätte er über Nacht alles wieder vergessen.

Er hoffte, dass Herr Schinabeck noch krank war und der Test auf nächste Woche verschoben würde. Nur hoffentlich sprang Frau Lobkowitz dann nicht wieder für ihren Kollegen ein und schrieb den Test trotzdem mit ihnen. Unter ihrem unerbittlichen Blick bekam Einstein bestimmt nicht mal die einfachste Plusaufgabe hin.

Als Einstein das Klassenzimmer betrat, saß Herr Schinabeck am Pult und nippte an seiner Teetasse. Um den Hals des Lehrers war ein dicker Schal gewickelt und vor ihm lag eine Dose Hustenbonbons.

Einstein schlurfte zu seinem Platz.

Wilhelmine lächelte ihm aufmunternd zu und hielt einen Daumen hoch. Einstein erwiderte die Geste tapfer lächelnd.

Merle sah kurz auf und fragte: »Alles klar?«

Einstein nickte und Merle beugte sich wieder über die Merksätze in ihrem Mathe-Heft. *Lesen – Gegeben – Gesucht – Rechnung – Antwort.* Jetzt fiel es Einstein auch wieder ein. So hatte er es mit Wilhelmine geübt.

Dann gongte es und Herr Schinabeck teilte den Mathetest aus. »Ihr habt dreißig Minuten«, krächzte er mit erkälteter Stimme. »Nicht tuscheln und nicht abschreiben.«

Einstein schrieb zuerst seinen Namen und das Datum auf das Blatt. Da konnte man nichts falsch machen. Er zählte die Aufgaben, es waren fünf. Ganz unten hatte Herr Schinabeck »Viel Glück!« hingeschrieben und ein Schwein gestempelt.

Einstein dachte an Melusine (die den ganzen Tag machen konnte, was sie wollte) und sein Blick schweifte zum Fenster. Draußen stutzte Hausmeister Ploschke gerade die Büsche vor der Turnhalle. Wenn nur schon die siebte Stunde und wieder Tierwandler-Unterricht wäre. Da erschien auf einmal der Dackel auf der Bildfläche. Einstein verfolgte, wie er sich Stück für Stück auf seinen kurzen Beinen an den Hausmeister heranpirschte. Was hatte er vor?

Da bekam Einstein einen Stups. Er war von Merle.

»Hey, nicht träumen«, flüsterte sie. »Fang an zu rechnen.«

Herr Schinabeck warf ihnen einen mahnenden Blick zu. Merle und Einstein senkten schnell die Köpfe.

Einstein seufzte und begann mit der ersten Aufgabe.

Hausmeister Ploschke hatte den Dackel inzwischen bemerkt. Er wollte ihn schon verjagen. Tiffy und die Mandoline (oder hieß das Zwergschwein doch Museline?) waren mehr als genug Tiere in der Schule. Aber irgendwas war bei diesem Dackel anders. Der treue Dackelblick aus den schwarz-braunen Augen zog ihn magisch an. Es war, als würde ihn das Tier irgendwie verstehen.

Langsam ging Herr Ploschke in die Hocke. Vorsichtig streckte er seine Hand aus und ließ den Dackel schnuppern. »Na, du«, murmelte er mit sanfter Stimme. »Bist ein Braver, gell.«

Er spürte die feuchte Hundeschnauze und den warmen Atem. Behutsam strich er dem Dackel übers Fell und kraulte ihn zögernd hinter den Ohren. Der Dackel schien es zu genießen, legte den Kopf in Herrn Ploschkes Hand und wedelte mit dem Schwanz.

Herr Ploschke erinnerte sich an das Futter, das er eigentlich für das Zwergschwein vorbereitet hatte. Kartoffeln und Leberwurst. »Feines Wursti … das wird dir schmecken«, sagte er und winkte den Dackel mit sich. »Komm, Karli.«

Im Gehen nickte er. Ja, Karli war der perfekte Name für seinen neuen Gefährten. Es war Liebe auf den ersten Blick.

Melusine beobachtete alles zufrieden von ihrem Versteck hinter der Regentonne aus. Ihr Plan klappte wie am Schnürchen (sie hatte den Dackel auch nur ganz leicht in Ploschkes Richtung schubsen müssen). Nun hatte der Hausmeister einen Freund und sie hatte endlich ihre Ruhe vor ihm und seinen Kartoffelschalen.

In der Pause redete Luzie mit Alina und Elisa über ihre Idee. Woher sie vom Plan der Kaninchenzüchter und des Bürgermeisters wusste, behielt sie natürlich für sich. Ihre beiden Freundinnen waren in der AG Schulgarten und hatten einen guten Draht zu Frau Lobkowitz, die die AG leitete.

Danach erzählten Alina und Elisa Frau Lobkowitz von der Idee und Frau Lobkowitz war begeistert. Die Lehrerin war nämlich mächtig stolz auf ihre *AG Pflanz dein Pausenbrot* und so würde sie endlich die verdiente Aufmerksamkeit bekommen. Gleich nach Schulschluss wollte sie mit den drei Schülerinnen den Bürgermeister im Rathaus besuchen.

Nach der Pause zeigte Herr Schinabeck seiner Klasse einen Film über den Wald. So musste er nicht viel reden und konnte seine Stimme schonen. In der fünften und sechsten Stunde hatte die 4B Kunst. Außer den Tierwandlern wusste niemand, dass das Sommernachtsfest auf der Kippe stand. Doch solange nichts sicher war, erzählten sie lieber nichts.

In der siebten Stunde trafen sich alle Tierwandler in der Turnhalle zu Herrn Olssons Unterricht. Einstein versuchte, nicht an den Mathetest zu denken und natürlich hatten sie nur ein Gesprächsthema: Einsteins Befreiung.

»Ich musste Zirkushündchen spielen«, empörte sich Wilhelmine lachend, »und Matheaufgaben für Babys rechnen.«

»Ihr habt keine Ahnung, wie eklig es in fremden Hosentaschen ist«, verkündete Finn und musste niesen, als er nur daran dachte. »Das mach ich garantiert nie wieder!«

»Dafür wurde der arme Herr Knorz von einem Elch geknutscht«, sagte Herr Olsson schmunzelnd. »Davon hat er bestimmt immer noch Albträume.«

Finn grinste schief und die restlichen Tierwandler applaudierten grölend.

»Aber eins versteh ich nicht.« Einstein sah Merle grübelnd an. »Wie hast du den Schlüssel ins Schloss bekommen?«

»Boah, echt kompliziert, wenn man keine Hände hat«,

kicherte Merle. Dann berichtete sie, wie sie zielsicher auf dem Türgriff gelandet war und unter Verrenkungen den Schlüssel mit dem Schnabel ins Schloss gesteckt hatte. »Ich hab heut noch Muskelkater im Schnabel und in den Klauen.«

Einstein nickte verständnisvoll und stöhnte: »Und ich hab erst mal die Nase voll von Kaninchen. Heut Nacht hab ich geträumt, dass Herr Schinabeck ein Kaninchen ist.«

Da prusteten alle los, denn Herr Schinabeck war garantiert kein Tierwandler. Aber komisch wäre es schon, wenn er als Kaninchen auf seinem Pult Tee trinken würde.

Nur Luzie war nicht dabei. Sie hatte die siebte Stunde frei bekommen, um den Bürgermeister zu ködern.

Der Bürgermeister empfing Luzie, Alina, Elisa und Frau Lobkowitz in seinem Büro. Gespannt guckte er von seinem Schreibtisch auf.

»Sehr verehrter Herr Bürgermeister«, begann Frau Lobkowitz und machte einen kleinen Knicks, als wäre er die Königin von England. »Ich bin Lehrerin in der Bärenfeldschule und leite die AG *Pflanz dein Pausenbrot.*«

»So ein Zufall«, setzte der Bürgermeister an. »Ich wollte gerade Direktorin Bockelmann anrufen und …«

»Nicht nötig«, sagte Luzie schnell. »Wir sind hier, um Sie persönlich zum Sommernachtsfest der Bärenfeldschule einzuladen. Samstag um 17 Uhr. Sie können doch kommen?«

»Also, das Sommernachtsfest …« Der Bürgermeister räusperte sich. »Einige Anwohner haben sich beschwert … eine unzumutbare Lärmbelästigung, auch noch nachts …« Er nickte, als hätte er damit alles erklärt. »Kurz gesagt, das Sommernachtsfest kann auf keinen Fall …«

»Ja, das Sommernachtsfest wird wunderbar«, fiel ihm Frau Lobkowitz schwärmend ins Wort. »Etwas ganz Besonderes, zumal wir einen Ehrengast erwarten.«

»So?«, wunderte sich der Bürgermeister. Normalerweise wusste er immer davon, wenn Prominente in der Stadt waren. »Wen denn?«

Frau Lobkowitz kicherte. »Natürlich Sie, verehrter Bürgermeister!« Sie nickte Alina und Elisa zu.

»Lieber Herr Bürgermeister«, sagte Alina ihren Text auf. »Wir haben in unserem Schulgarten eine Karottenzucht.«

»Die Karotten sind besonders schön und groß und aromatisch«, fuhr Elisa fort. »Eine sehr gelungene Züchtung von Frau Lobkowitz.«

Jetzt war Luzie dran. »… und wir wollen diese Karotten zu Ihren Ehren nach Ihnen benennen.«

Alle hielten die Luft an. Jetzt kam es darauf an, ob der Bürgermeister auch mit Karotten zufrieden war oder erst mit einer kompletten Straße.

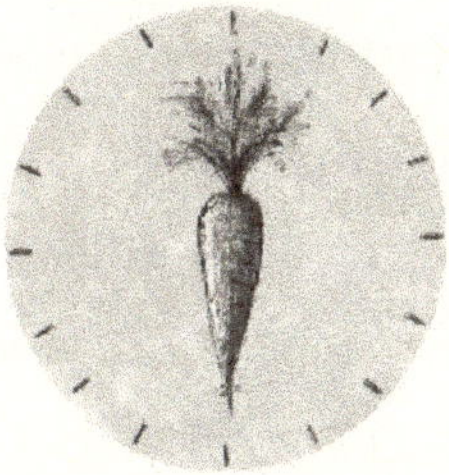

»Wir präsentieren der Öffentlichkeit die Essig-Karotte«, half Frau Lobkowitz etwas nach. Denn so hieß der Bürgermeister: Ferdinand Essig. Sie strahlte wie in der Zahnpastawerbung.

Der Bürgermeister holte Luft. Er wippte in seinem Stuhl vor und zurück. Er zupfte seine Krawatte gerade. Er wiegte den Kopf langsam hin und her.

Atemlos verfolgten Luzie, Alina, Elisa und Frau Lobkowitz jede seiner Bewegungen.

»Das ist mir ein bisschen peinlich«, murmelte er dann. Doch man sah, dass er vor Stolz fast platzte.

»Aber nein. Sie sind eine wichtige Persönlichkeit unserer Stadt«, bekräftigte Frau Lobkowitz. »Nicht so bescheiden, das haben Sie verdient.«

»Denken Sie nur an die Prinzregententorte oder die Mozartkugeln«, wiederholte Luzie, was Josh gesagt hatte.

»Sie haben recht«, stieß der Bürgermeister schließlich hervor, als hätte er etwas Schwieriges entschieden. »Es ist mir eine Ehre. Ich nehme selbstverständlich an der Präsentation der Essig-Karotte teil.«

»Dann findet das Sommernachtsfest statt?«, fragte Luzie zur Sicherheit.

»Natürlich!«, versicherte der Bürgermeister, als hätte er nie was anderes geplant. Dann zwinkerte er ihr zu. »Schließlich wird nicht jeden Tag eine Karotte nach mir benannt.«

Luzie konnte sich ein breites Grinsen nicht verkneifen. Denn das bedeutete, dass auch die Zeltnacht der Tierwandler gerettet war – von der Frau Lobkowitz, Alina, Elisa und der Bürgermeister natürlich nicht das Geringste wussten.

Eine Menge letzte Vorbereitungen

3

Am Freitagmorgen summte es vor Spannung in der 4B. Herr Schinabeck hatte den Mathetest bereits korrigiert und eben aus seiner Tasche geholt.

»Heute schon?«, jammerte Josh bühnenreif. »Lieber nicht. Ich will übers Wochenende keinen Ärger mit meinen Eltern.«

»Mach keine Panik«, zischte Wilhelmine und deutete auf Einstein zwei Plätze weiter. »Wenn er keine Drei hat, darf er nicht bei Du-weißt-schon-was mitmachen.«

»Wenn Einstein nicht kommt, kommen wir auch nicht«, verkündete Oskar.

Die anderen Tierwandler stimmten zu.

»Wohin denn?«, fragte Elisa und auch Alina fragte: »Ja, wohin?«

Doch keiner antwortete ihnen.

Finn nickte Einstein aufmunternd zu. »Kein Stress, das läuft bei dir.«

Doch Einstein reagierte nicht. Er saß zusammengesunken auf seinem Stuhl und starrte vor sich hin. Gleich würde sich herausstellen, ob alles umsonst gewesen war. Vor Aufregung begann seine Nase leicht zu zucken.

Herr Schinabeck ging durch die Reihen und teilte die Arbeiten aus. Abwechselnd stöhnte oder jubelte jemand, je nachdem, wie die Note ausgefallen war. Obwohl sie in der 4B nur zweiundzwanzig Kinder waren, schien es ewig zu dauern.

Endlich trat Herr Schinabeck vor Einstein. Einstein traute sich nicht, zu ihm aufzuschauen. »Eine Arbeit hat mich besonders überrascht«, hörte er Herrn Schinabeck sagen. Dann schob der Lehrer den Test vor ihm auf den Tisch.

In Einsteins Ohren rauschte es. Der rote Filzstiftkringel auf der rechten oberen Blattecke verschwamm vor seinen Augen. Er blinzelte ein paarmal und erkannte eine Drei. Hektisch überflog Einstein die Aufgaben. Da stand es, ganz unten neben dem »Viel Glück!« und dem gestempelten Schwein: »15 Punkte«. Diesmal hatte er wirklich die Note Drei bekommen!

»Krass!«, rief er und sprang auf, wobei sein Stuhl krachend auf dem Boden landete. Einstein war völlig aufgedreht und hätte sich am liebsten in seine Tiergestalt verwandelt. Er wollte im Zickzack durch die Flure schlittern, bis er kaum noch Luft bekam und seine Lungen brannten.

»Gut gemacht«, freute sich Herr Schinabeck. »Weiter so.«

»Geht klar«, bestätigte Einstein. Sein Papa würde staunen. Jetzt musste er den Einverständniszettel für die Zeltnacht unterschreiben!

Danach besprach Herr Schinabeck die Planung für das Sommernachtsfest. Natürlich hatten Alina, Elisa und Luzie längst überall rumerzählt, wie sie mit ihrem Besuch beim Bürgermeister das Sommernachtsfest gerettet hatten.

»Leiser, bitte!«, rief Herr Schinabeck, immer noch etwas heiser. »Was brauchen wir für unseren Fitnessstand? Wer kümmert sich um was? Wer bringt was mit?«

»Meine Eltern haben ein großes Partyzelt«, sagte Merle. »Das können wir uns ausleihen.« Herr und Frau Böhmlein benutzten es immer bei den Neuwagen-Shows in ihrem Autohaus. Doch an diesem Wochenende brauchten sie es nicht.

»Ich bring Rezepte für Fruchtcocktails mit«, meldete sich Cleo.

»Meine Oma backt wieder ihren Karottenkuchen«, verkündete Finn mit Blick auf Einstein.

Einstein grinste. Beim Sommernachtsfest wollte er lieber die Finger vom Kuchen lassen, zumindest solange Eltern und Nicht-Wandler da waren. Nicht, dass er sich wieder aus Versehen verwandelte und Chaos anrichtete. »Ich kann Servietten und Gläser besorgen«, versprach er. »Im Hotel von meinem Papa gibt's das Zeug haufenweise.«

Luzie, Elisa und Alina wollten mit dem Geld aus der Klassenkasse jede Menge Obst besorgen. Oskar, Josh und Korbi würden ihre Hanteln mitbringen. Springseile, Reifen und Medizinbälle wollten sie aus der Turnhalle nehmen. Tabea und Aygül versprachen, ein Plakat für den Fitnessstand zu basteln.

»Perfekt«, sagte Herr Schinabeck zufrieden. »Dann arbeite ich mit Herrn Olsson einen kleinen Trainingsplan aus. Bauch, Beine, Po, Arme und Rücken.«

»Und mein Vater rollt mit seinem Superduper-Grill an und macht für uns alle Hamburger«, verkündete Josh.

»Das ist aber nicht besonders gesund«, meldete sich Tabea zu Wort.

»Alter, deshalb machen wir ja vorher Fitness«, stöhnte Josh grinsend.

Den restlichen Schultag konnte sich keiner mehr richtig konzentrieren, egal wie sehr sich Herr Schinabeck bemühte. Alle platzten fast vor Vorfreude auf das Sommernachtsfest – und eine kleine geheime Gruppe konnte die Zeltnacht kaum erwarten.

Herr Olsson gab seinen Tierwandlern heute ausnahmsweise frei. Sie hätten genug für das Sommernachtsfest vorzubereiten und Samstagnacht sowieso Extra-Unterricht, erklärte er.

Einstein saß in seinem Zimmer und wartete auf seinen Papa. »Na siehst du, ich wusste, dass du das kannst«, hatte er am Telefon gesagt, als Einstein ihm von der Drei in Mathe erzählt hatte. Abends wollte er was vom Italiener mitbringen und eine Kofferraumladung voll Gläser und Servietten für das Sommernachtsfest.

Um sich die Zeit zu vertreiben, fuhr Einstein den Computer hoch. Ihm war wieder eingefallen, was Herr Olsson über Albert Einstein gesagt hatte. Er tippte die Begriffe

»Einstein« und »Schule« in die Tastatur. Sofort war der ganze Bildschirm voller Wörter. Viel zu viele Wörter für seinen Geschmack und er wollte schon aufgeben, da fiel sein Blick auf ein Foto. *Albert Einstein als Schüler 1893*, stand darunter. Er klickte auf das Bild und las.

Es dauerte ewig, bis er mit dem Artikel durch war. Die schwierigen Wörter, wie Relativi…dingsda, ließ er einfach weg. Und am Ende wusste er: Albert Einstein war in seiner Schulzeit kein einziges Mal sitzen geblieben.

Mann, Herr Olsson hatte es ihm doch erzählt. Dann zuckte Einstein grinsend mit den Schultern. Lehrer wussten eben auch nicht alles. Außerdem hatte er im Mathetest eine Drei und das war echt abgefahren.

Herr Kimmel parkte sein Auto vor der Bärenfeldschule. Er fühlte sich unwohl. Bisher war er noch nie wegen Rufus in die Schule bestellt worden und nun schon das zweite Mal in einer einzigen Woche. Diesmal von Rufus' neuem Sportlehrer.

Herr Kimmel ging an der Schule vorbei, über die Schulwiese und stieg vorsichtig die wackeligen Stufen zum Bauwagen hinauf. Kleine Häuser, sogenannte Tiny Houses, waren gerade sehr beliebt. Nur seltsam, dass der Lehrer ausgerechnet auf dem Schulgelände wohnte. Und was wollte er von ihm?

»Verbringen Sie viel Zeit mit Einstein?«, fragte Herr Olsson, nachdem er ihm den einzigen Stuhl im Bauwagen angeboten hatte.

Herr Kimmel sah ihn verblüfft an. Erst gestern hatte ihn die Direktorin auf diesen Einstein angesprochen. »Sie meinen den Wissenschaftler?«, fragte er.

»Entschuldigung, ich war in Gedanken noch bei einem Zeitungsartikel, den ich eben gelesen habe«, verbesserte Herr Olsson sich. »Ich meine natürlich Rufus.«

»Wir essen abends meistens zusammen«, erklärte Herr Kimmel. »Und am Wochenende hilft er mir manchmal im Hotel.«

Herr Olsson nickte.

»Wird Rufus gemobbt?«, fragte Herr Kimmel. »Dann muss er lernen, sich zu behaupten. Ich kann mich neben der Arbeit nicht noch darum kümmern.«

»Nein, Rufus ist in der Klasse beliebt«, beruhigte Herr Olsson ihn. »Ich glaube nur, er würde gerne öfter was mit Ihnen zusammen machen.«

»Aber er hat doch alles«, wunderte sich Herr Kimmel. »Computer, Fahrrad, Experimentierkästen, Hörbücher, …«

»Gibt es nichts, was Sie beide zusammen unternehmen könnten?«, fragte Herr Olsson.

Wie es Herr Olsson letzten Endes geschafft hat, bleibt sein Geheimnis – aber eine Viertelstunde später schüttelten sich beide Männer herzlich die Hände.

»Ich wollte schon immer gerne joggen«, sagte Herr Kimmel mit leuchtenden Augen. »Ich stelle einfach eine Aushilfe für das Hotel ein. Dann kann ich abends früher heim und Rufus und ich drehen zusammen eine Runde.«

»Eine sehr gute Idee«, lobte Herr Olsson und öffnete die Bauwagentür. »Dann bis morgen zum Sommernachtsfest.«

»Natürlich«, versicherte Herr Kimmel. »Für ein oder zwei Stündchen kann ich bestimmt vorbeikommen.«

Schmunzelnd sah Herr Olsson ihm nach, wie er über die Wiese ging. Schön, dass Einstein und sein Vater in Zukunft zusammen joggen würden. Bloß schade, dass Einstein nicht in seiner Feldhasengestalt mitlaufen konnte. Er würde seinem Vater mühelos davonlaufen. Doch der Arme bekäme einen Herzanfall, wenn er wüsste, dass sein Sohn ein Tierwandler war.

Zur selben Zeit legte Direktorin Bockelmann in ihrem Büro den Telefonhörer auf. Der Bürgermeister hatte sie angerufen, sich für die Einladung zum Sommernachtsfest bedankt und irgendwas von einer Essig-Karotte geredet.

Kopfschüttelnd überlegte sie, was er damit meinte. Soweit sie wusste, gab es nur Essig-Gurken.

Irgendwie schienen Frau Lobkowitz und drei Schülerinnen dabei ihre Hände im Spiel zu haben. Egal. Als Direktorin der Bärenfeldschule wusste sie über alles Bescheid, was in ihrer Schule passierte. Was im Büro des Bürgermeisters vor sich ging, musste sie nicht wissen. Sie wollte sich sowieso noch um Frau und Herrn Knorz kümmern. Direktorin Bockelmann seufzte. Am besten wäre es, wenn die beiden morgen Abend nicht zu Hause wären. Dann würden sie vom Sommernachtsfest erst gar nichts mitkriegen und hätten auch nichts zu meckern.

Durchs Fenster sah sie Einsteins Vater über den Schulhof spazieren. War er bei Tove Olsson gewesen? Jedenfalls brachte er sie auf eine Idee und kam ihr wie gerufen! Blitzschnell verließ sie ihr Büro.

Als Herr Kimmel fröhlich pfeifend aus dem Schultor zu seinem Auto lief, holte ihn Direktorin Bockelmann ein.

»Herr Kimmel«, flötete sie. »Wir veranstalten bei unserem Sommernachtsfest eine Tombola. Ob Sie mit Ihrem Hotel wohl einen kleinen Gewinn beisteuern könnten?« Sie sah ihn eindringlich mit ihren blauen Katzenaugen an.

»Ich spendiere sogar den Hauptgewinn«, gluckste er überglücklich. Erstens, weil sein Sohn so ein Mathe-

Genie war. Zweitens, weil dieser Olsson zwar ein seltsamer, aber äußerst fähiger Lehrer war. Und drittens, weil er sich vom Blick der Direktorin fast hypnotisiert fühlte. »Ein Abendessen inklusive Übernachtung für zwei Personen in meinem Hotel *Fortuna.*«

»Wunderbar, wie großzügig«, freute sich Direktorin Bockelmann zufrieden, es lief alles nach Plan. Die Tombola war zwar erfunden (jedenfalls gab es nur einen Gewinn und nur zwei Teilnehmer), aber ihre kleine Lüge war immerhin für einen guten Zweck. »Wie wäre es gleich morgen Abend als krönender Abschluss für den Gewinner?«

Während Herr Kimmel in seinem Auto davonbrauste, bog Direktorin Bockelmann in den Vorgarten der Schulstraße 3 ein. Sie sah zum Kaninchengehege, in dem vor Kurzem noch einer ihrer Schüler herumgehoppelt war. Vor der Haustür holte sie tief Luft und klingelte.

»Wir geben nichts!«, schnaubte Herr Knorz vorsorglich, als er die Tür öffnete. Dann erkannte er die Direktorin der Bärenfeldschule.

»Entschuldigen Sie, wenn ich störe«, säuselte Direktorin Bockelmann.

Herr Knorz antwortete irgendwas, das wie »Grmpf« klang.

Direktorin Bockelmann ließ sich nicht einschüchtern. »Herzlichen Glückwunsch!« Sie griff nach seiner Hand und schüttelte sie, als wäre es ein Milch-Shaker. »Sie haben den ersten Preis unserer Schultombola gewonnen.«

»Welchen ersten Preis?«, murrte Herr Knorz und befreite seine Hand.

Direktorin Bockelmann strahlte. »Ein Abendessen im *Hotel Fortuna* inklusive Übernachtung und Frühstück für zwei Personen.«

»Das ist doch ein Trick«, grummelte Herr Knorz misstrauisch.

»Aber nein«, versicherte Direktorin Bockelmann. »Alles ist bereits bezahlt. Wir haben einen großzügigen Spender, der anonym bleiben möchte.«

»Aber das muss ein Irrtum sein«, wandte Frau Knorz ein, die inzwischen neugierig hinter ihrem Mann aufgetaucht war. »Wir haben bei keinem Gewinnspiel mitgema...« Sie bekam von ihrem Mann einen kleinen Schubs mit dem Ellbogen und war still.

»Wir nehmen den Gewinn an«, sagte Herr Knorz feierlich und seine Frau nickte schnell.

»Wunderbar«, freute sich Direktorin Bockelmann. »Sie werden morgen Abend im Hotel erwartet.«

Fröhlich marschierte Direktorin Bockelmann zur Schule zurück. Jetzt war alles geregelt. Im Schulhof winkte sie Hausmeister Ploschke, der gerade seinem neuen Dackel *Fuß* beibrachte. Zumindest versuchte er es. »Fuß, Karli!«, wiederholte er unermüdlich. »Mach brav Fuß!«

Schön, dass sich die beiden gefunden hatten, dachte sie. Karli würde den übereifrigen Hausmeister von Herrn Olsson und dem Tierwandler-Geheimnis ablenken.

Endlich Samstag!

Endlich war der Samstag da. Kurz vor siebzehn Uhr hielt ein Auto nach dem anderen vor der Bärenfeldschule. Die ganze Schulstraße war verstopft. (Herr und Frau Knorz hätten einen Anfall bekommen. Zum Glück erholten sie sich genau jetzt im *Hotel Fortuna* und genossen ihren unerwarteten Tombola-Gewinn.)

Es wurden Kofferräume geöffnet und Berge von Leckereien und Getränken ausgeladen und durchs Schultor geschleppt.

Merle stieg aus einem schwarzen Geländewagen, auf dem in silbernen Buchstaben *Autohaus Böhmlein* stand.

Einstein trabte atemlos neben seinem Vater in nagelneuen Sportklamotten an, sie waren die ganze Strecke vom Römerweg bis hierher gejoggt.

Wilhelmine schleppte einen großen Karton auf den Schulhof. Darin war das Popcorn-Katapult. Sie hatte es einfach umbenannt. Jetzt war es ein Leckerli-Katapult, denn es verteilte seine Ladung immer noch in alle Richtungen. Karli würde seinen Spaß dran haben, Dackel liebten Leckerli-Suchspiele.

Josh und sein Vater schoben den Superduper-Grill über den knirschenden Kies, wofür man ordentlich Kraft brauchte. Luzie, Alina und Elisa fingen ein paar Orangen ein, die aus dem Obstkorb gekullert waren. Tabea und Aygül klebten noch schnell ihr Plakat an den Eingang zum Fitnesszelt. Im Zelt standen Oskar, Korbi und Cleo mit Herrn Schinabeck und Herrn Olsson zusammen und besprachen die Trainingsstationen.

Finn kam mit seiner Oma als Letzte. »Zuerst war der Kuchen noch nicht fertig und dann ist eins der Schwarznasenschafe ausgebüxt!«, entschuldigte er sich.

»Hast du keine Übernachtungssachen dabei?«, raunte Oskar ihm zu, damit es kein Nichtwandler hören konnte. Alle Tierwandler hatten ihre Taschen heimlich hinter dem Bauwagen verstaut.

»Nö, ich such mir irgendwo im Gebüsch einen gemütlichen Platz«, antworte Finn grinsend. »Oder ich schummle mich mit in einen Schlafsack der anderen.«

»… hat jemand den Bürgermeister gesehen?« Frau Lobkowitz hetzte wie ein aufgescheuchter Vogel Strauß über den Schulhof. Schließlich stand heute ihre Karottenzucht

im Mittelpunkt, da sollte alles wie am Schnürchen klappen.

Hausmeister Ploschke war auffallend gut gelaunt. »Bitte benutzen Sie die Mülleimer«, erklärte er jedem freundlich. »... Toiletten finden Sie im Erdgeschoss.« Dackel Karli folgte ihm dicht auf den Fersen. Über Mandarine (oder Mandoline?) an Herrn Olssons Geheimnis ranzukommen, war ein Flopp gewesen. Doch jetzt hatte er Verstärkung, mit Karli an seiner Seite würde er Herrn Olsson auf die Schliche kommen. Zusammen waren sie ein unschlagbares Team.

Kurz nach siebzehn Uhr begrüßte Direktorin Bockelmann die Gäste und die Schulband spielte zwei Lieder. Mehr hatten sie leider nicht einüben können, weil ihr Schlagzeuger (also Oskar) wegen der Suche nach Einstein und vor lauter Mathelernen nur selten zu den Proben gekommen war.

Nachdem alle mit Essen und Trinken versorgt waren, ergriff Frau Lobkowitz das Mikrofon. Sie hatte den Bürgermeister endlich gefunden und präsentierte allen die *Essig-Karotte*. »Die Schwierigkeit bei der Karottenzüchtung liegt darin ...«, erzählte sie. Doch leider schien sich niemand für Karottenzucht zu interessieren. Am Schluss übergab sie dem Bürgermeister einen Korb Karotten und eine Urkunde. Bürgermeister Essig wurde vor Stolz rot wie eine Tomate.

Das Fitnesszelt und die Fruchtcocktails waren der absolute Renner. Die 4B konnte sich vor Besuchern kaum retten. Sogar Frau Lobkowitz genehmigte sich einen Karotten-Mango-Cocktail und machte drei Kniebeugen.

Direktorin Bockelmann beobachtete das Treiben von der Eingangstreppe aus. Die Bärenfeldschule war ihr Ein und Alles. Sie war wieder einmal sehr zufrieden mit ihren Schülerinnen und Schülern. Da sah sie Herrn Kimmel auf sich zukommen.

»Direktorin Bockelmann«, begrüßte er sie etwas besorgt. »Ich würde gern ein Los kaufen, doch ich finde den Stand mit der Tombola nicht ...«

Ihr wurde siedend heiß. Daran hatte sie nicht gedacht, dass der großzügige Spender des einzigen Gewinns natürlich auch eine Tombola erwartete. Manchmal hatte der beste Plan einen Haken.

»Wie schade, Sie müssen die Tombola verpasst haben«,

log sie. »Die Lose waren binnen Minuten ausverkauft, die Preise sofort vergeben … wer hätte das gedacht?« Fast glaubte sie es selbst, so überzeugend redete sie auf Einsteins Vater ein.

»So schnell?«, fragte er verblüfft. Dann winkte er ab und lachte. »Na ja, sonst hätte ich am Ende den Hauptgewinn noch selbst gezogen. Das wäre auch nichts.«

»Da haben Sie recht … waren Sie eigentlich schon im Fitnesszelt?«, fragte sie beschwingt und nahm seinen Arm. »Sie sagten doch, Sie sind sehr sportlich …«

»Äh, das war ich zumindest früher«, wehrte Herr Kimmel geschmeichelt ab. »In meinen besten Jahren bin ich die 1000-Meter-Strecke in drei Minuten gelaufen,

im Weitsprung war ich Kreismeister und beim Kugelstoßen …«

»Das ist ja unglaublich …« Direktorin Bockelmann nickte scheinbar interessiert, ihr Ablenkungsmanöver hatte funktioniert.

Als es dunkel wurde, schaltete Hausmeister Ploschke bunte Lichterketten an, die rund um die Kastanie über den Schulhof gespannt waren. Auf den Tischen wurden Teelichter angezündet und in den Büschen leuchteten Glühwürmchen um die Wette. Es war ein wunderschönes Sommernachtsfest, auch ohne Bullenreiten und Feuerwerk.

Erst gegen zweiundzwanzig Uhr gingen die Letzten

nach Hause. Direktorin Bockelmann schloss lächelnd das Schultor. Seit heute gab es in der Bärenfeldschule eine neue Tradition: das jährliche Sommernachtsfest. Auch wenn sich das Ehepaar Knorz wundern würde, warum sie jedes Mal den ersten Preis der Tombola gewannen.

Dann schlich sie in ihrer Katzengestalt über die Schulwiese. Das Mondlicht schimmerte silbern auf ihrem grau-weiß-getigerten langen Fell. Mal sehen, ob nicht irgendwo ein Sommernachtssnack auf sie wartete.

Die geheime Zeltnacht

Aber nicht alle waren nach Hause gegangen. Denn hinter der Schule beim Bauwagen begann endlich die Zeltnacht der Tierwandler. Sobald sie unbeobachtet waren, tummelten sich neben einigen Jungen und Mädchen eine Eule, ein Wiesel, ein Feldhase, ein gefleckter Königspudel und ein Elch auf der Schulwiese.

Herr Olsson hatte einen Laubhaufen aufgeschichtet, einen moosbewachsenen Baumstamm aus dem Wald gezogen und ein paar lose Äste und Zweige verteilt.

»Macht es euch gemütlich«, lud er sie ein. »Wer einen Bau graben will, bitte nicht auf Herrn Ploschkes heiligem Rasen!« Im Mondlicht ragte sein gewaltiger Umriss in den Himmel.

Josh, Oskar, Luzie, Karim, Lily-Finja und ein paar andere fuchtelten mit Zeltstangen, Seilen und Zeltplanen herum.

Loris zog einen riesigen Rucksack hinter dem Bauwagen

vor, in dem ein Winterschlafsack, zwei Decken und Klamotten für mindestens eine Woche steckten.

»Dein Ernst?«, schuhute Merle mit Blick auf den Rucksack. »Machst du eine Nordpol-Expedition?«

Loris lächelte schüchtern. »Hat meine Mama eingepackt. Sie macht sich immer viel zu viele Sorgen um mich.«

»Ich glaub nicht, dass hier jemand erfriert«, versprach Herr Olsson.

»Wir machen ein Lagerfeuer!«, krähte Oskar begeistert.

»Hm, Feuer ist mehr so ein Menschending«, erklärte Herr Olsson.

»Klar, Tiere haben voll Angst vor Feuer«, stöhnte Josh und klatschte sich vor die Stirn. »Oder habt ihr schon mal 'n Elch beim Grillen gesehen?«

Kichernd suchten sich alle einen bequemen Platz. Merle flog aufs Geländer der Bauwagenveranda, dort hatte sie einen guten Überblick.

Suri setzte sich zu den anderen ins Gras und schien ausnahmsweise keine Angst zu haben, schmutzig zu werden. Einstein hoppelte in seiner Feldhasengestalt herum. »Ich darf nicht zu schnell werden«, murmelte er konzentriert. »Ich brauch genug Platz zum Verwandeln.« Finn trieb mit seiner Schnauze und seinen Pfoten einen Tannenzapfen durchs Gras, als wäre er ein Fußball.

Wilhelmines Schwanz wedelte aufgeregt, während sie Finn beobachtete. Es juckte sie in den Pfoten, so gerne wollte sie mitspielen. Aber müsste sie als Hund nicht mit gespitzten Ohren vor dem Bauwagen liegen und Wache halten? Doch als Finn kurz nicht aufpasste, konnte sie nicht anders und stürzte sich auf den Zapfen. »Zwischen den beiden Eschen ist das Tor!«, rief sie übermütig und stürmte los.

»Na warte!«, rief Finn und setzte ihr nach.

Luzie beobachtete die beiden neidisch. Wann sie sich wohl verwandelte? Und in welches Tier? Aber womöglich war ihr Tier völlig langweilig, dann konnte sie genauso gut auch darauf verzichten.

»Wie wär's mit einem kleinen Tier-Quiz?«, fragte Herr Olsson und stapfte näher. Der Boden bebte leicht unter seinen Hufen. »Welche Farbe können Hunde nicht erkennen?«

»Rot!«, rief Wilhelmine sofort. Das hatte sie zum ersten Mal gemerkt, als Finn vor ihren Augen in den roten Rosen der Kaninchenzüchter rumgeturnt war. Sie sah fast keinen Unterschied zwischen rot und grün.

»Sehr gut!«, lobte Herr Olsson. »Welche Geheimwaffe hat das Wiesel am Schwanz?«

Am Schwanz? Alle zuckten mit den Schultern.

»Eine Stinkdrüse«, keckerte Finn aufgedreht. »Soll ich's mal ausprobieren?« Schon drehte er sich um.

»Neiiin!«, riefen alle entsetzt.

Finn grinste breit. »War nur ein Witz!«

»Wie hoch können Feldhasen springen?«, fragte Herr Olsson weiter.

»Zwei Meter!«, rief Einstein sofort und reckte stolz seine Löffel in die Luft. Das würde er nie im Leben vergessen.

Herr Olsson nickte. »Jetzt wird's schwieriger. Was macht eine Eule nachts auf dem Friedhof?«

»Gespenster jagen!«, krähte Oskar los. »Hui-buh!«

Herr Olsson schüttelte das mächtige Geweih.

»Blut saugen?«, fragte Josh und strahlte in die Runde.

»Das ist ja voll eklig!« Suri verzog den Mund.

»Eulen sind doch keine Vampire«, kicherte Karim. »Oder doch?« Er sah zu Merle, deren Augen im Mondlicht funkelten.

Merle war noch nie nachts auf dem Friedhof gewesen,

sie war nicht mal auf die Idee gekommen. »Denk wie eine Eule«, murmelte sie und schloss die Augen. In Gedanken flog sie über die Gräber. Sie stellte sich vor, wie die Luft an ihrem Kopf vorbeistrich. Wie von selbst öffnete sie den Schnabel und … »Sie fressen Motten!«, platzte sie heraus.

»Genau!«, wieherte Herr Olsson erfreut. »Die Grablichter ziehen Insekten an und die Nachtvögel haben freie Auswahl.«

»Wie gemein«, murmelte Loris mitfühlend.

»Heulst du jetzt?«, schnaubte Luzie und verdrehte die Augen.

»Es ist ja wirklich fies«, verteidigte Wilhelmine ihn. Sie hatte gute Lust, Luzie mal ordentlich die Meinung zu knurren.

Doch Herr Olsson warf ihr einen strengen Blick zu. Er merkte immer, wenn unter seinen Schülern dicke Luft war. »Stimmt, für die Insekten ist es gemein«, gab er zu. »Doch fast alle Tiere haben Feinde. In der Natur ist das leider so.«

»Dann wäre ich gern ein Elefant«, murmelte Karim leise. »Die werden bestimmt von keinem gefressen.«

Alle schwiegen betreten. Das Leben als Tierwandler machte total Spaß, doch wie es aussah, war es manchmal auch richtig hart.

»Jetzt ist aber Schluss mit Trübsalblasen!«, rief Herr Olsson und rappelte sich auf. »Los geht's zur Schatzsuche! Ich hab was Schönes für euch versteckt. Benutzt eure Sinne und euren Instinkt.«

Das ließ sich keiner zwei Mal sagen und alle schwärmten aus. Finn, Wilhelmine und Einstein mit den Nasen

dicht über dem Boden, Merle hielt Ausschau aus der Luft und die Tierwandler in Menschengestalt suchten mit ihren Händen im Gebüsch.

»Ich hab eine Spur!«, rief Wilhelmine kurz darauf. Unglaublich, darin war sie wirklich gut. »Alle mir nach!«

Als sie den Wald betraten, war es noch dunkler um sie herum. Für die Augen der nachtaktiven Tiere kein Problem, die anderen hielten sich dicht hinter ihnen. Ständig raschelten kleine Tierchen im Unterholz, in der Ferne bellte ein Fuchs und ein Käuzchen rief. Fledermäuse schwirrten über ihren Köpfen und der Mond ließ unheimliche Schatten tanzen.

Die Spur führte im Zickzack durch den Wald und dann wieder hinaus auf die Schulwiese. Wilhelmine hielt den Kopf gesenkt und schnüffelte. Wie ferngesteuert lief sie um den Schulweiher herum, hinter die Turnhalle und hielt vor einem frischen Erdhäufchen.

»Gefunden«, wuffte sie und biss ein paar Graswurzeln heraus.

»Lass mich mal ran!« Einstein drängte sie zur Seite. »Als Feldhase bin ich im Buddeln Profi.« Und schon legte er los, dass die Erdklumpen nur so flogen. In weniger als einer Minute hatte er eine kleine Kiste ausgegraben – den Schatz.

So ganz klar war nicht, ob nun Wilhelmine oder Einstein den Schatz gefunden hatte. Doch das war egal. Viel wichtiger war, was in der Kiste war: Neben ein paar Süßigkeiten gab es rohe Eier für Finn, frische Karotten für Einstein, getrocknete Insekten für Merle, einen Kauknochen für Wilhelmine und eingelegte Wasserpflanzen für Herrn Olsson. Zufrieden kauend grinsten sich alle an. Tierwandler-Überraschungen waren eben ein bisschen anders.

Es war schon weit nach Mitternacht, als sie zum Bauwagen zurückkamen. Sie kuschelten sich in ihre Schlafsäcke und Decken, ins Laub oder auf Moospolster, gruben sich Bodenkuhlen oder hockten sich auf Äste und blieben die ganze Nacht auf. Nur Einstein schlief eingerollt in Loris' Rucksack, mit angelegten Ohren und dem Kopf auf den Vorderpfoten. Er hatte in den letzten Tagen einfach viel zu viel Aufregendes erlebt.

Als über dem Wald ein hellrosa Streifen am Himmel auftauchte und es langsam Morgen wurde, sprang Oskar plötzlich auf.

»Alter, was ist das?«, keuchte er und griff an sein Hinterteil. Ihm wurde heiß und gleich darauf eiskalt. War es das, wonach es sich anfühlte? Konnte es wirklich sein … ein dünner schuppiger langer … Schwanz? »Leute, ich glaub, ich werd ein Dino!«, rief er aufgeregt.

»Zeig mal!«, keckerte Finn und wieselte neugierig auf seinen flinken Pfoten zu ihm durchs Gras.

Doch bis sich Oskar endlich aus seinem Schlafsack gewühlt hatte, war der Schwanz schon wieder verschwunden.

»Ha, ha«, maulte Luzie. »Dinos gibt's ja gar nicht mehr.«

»Gibt's wohl«, protestierte Cleo. »Bei Super Action Dinos.«

»Das ist doch nur im Film«, stöhnte Karim.

»Wahnsinn! Oder ich werd ein Alligator«, grölte Oskar glücklich, als könnte man sich das aussuchen.

Herr Olsson verzog schmunzelnd seine Elchlippen. »Wie's aussieht, haben wir bald die nächste Verwandlung«, sagte er und nickte bedächtig. Schon sehr bald sogar, das hatte er im Gefühl.

Auf einmal lag eine feierliche Stimmung über dem Platz

am Bauwagen und sie sprachen gemeinsam den Tierwandler-Schwur:

Wir Tierwandler schwör'n
mit Flügeln, Flossen, Pfoten:
Das Geheimnis zu verraten ist verboten.
Wir woll'n es für immer bewahren,
kein andrer soll davon erfahren.

Hausmeister Ploschke und sein neuer vierbeiniger Freund hatten von der Zeltnacht am Bauwagen leider nichts mitbekommen. Sie hatten die ganze Nacht tief und fest geschlafen – Herr Ploschke in seinem Bett und Dackel Karli in seinem Körbchen davor. Sie schnarchten auch jetzt noch zufrieden. Der Schulhof musste erst am Montagmorgen aufgeräumt werden, bis dahin war noch viel Zeit. Später würden sie zusammen Frühstücken und danach Spazierengehen.

Und Melusine? Sie hockte im Schilf des Schulweihers und betrachtete glücklich das kleine Glitzerding zwischen ihren Vorderhufen. Es war nicht leicht gewesen, es aus dem

Schloss der Stalltür zu stupsen. Doch jetzt gehörte es ihr. Die Kaninchenzüchter hatten bestimmt noch mehr davon, da war sie sich sicher.

Ist Oskar wirklich ein Dinosaurier-Wandler, obwohl die doch längst ausgestorben sind?

Und was ist in den geheimnisvollen großen Kisten, die Hausmeister Ploschke in die Schule schleppt?

Freu dich auf das nächste Abenteuer der

TIERWANDLER

Baumbach, Martina:
Die Tierwandler – Alle Hasen fliegen hoch
ISBN 978 3 522 18539 4

Gesamtgestaltung: Imke Sönnichsen
Einbandtypografie: Doris Grüniger, Buch und Grafik, Zürich
Innentypografie: Tanja Haaf
Reproduktion: DIGIZWO Kessler + Kienzle GbR, Stuttgart
Druck und Bindung: GGP Media GmbH, Pößneck

in der Thienemann-Esslinger Verlag GmbH,
Blumenstraße 36, 70182 Stuttgart
Bei Fragen zum Produkt: service@thienemann.de
Printed in Germany.
9. Auflage 2026
www.thienemann.de

MIX
Papier | Fördert gute Waldnutzung
FSC® C014496

PRODUZIERT MIT VERANTWORTUNG